Konrad Sittenfeld

Fahrende Frau

Konrad Sittenfeld

Fahrende Frau

ISBN/EAN: 9783743460133

Hergestellt in Europa, USA, Kanada, Australien, Japan

Cover: Foto ©Andreas Hilbeck / pixelio.de

Manufactured and distributed by brebook publishing software (www.brebook.com)

Konrad Sittenfeld

Fahrende Frau

Fahrende Frau.

Roman

von

Conrad Alberti.

„Fünf Männer hast du gehabt, und den du nun hast, der ist nicht dein Mann."
Joh. 4, 18.

Berlin, 1895.
Verlag von Freund & Jeckel.
(Carl Freund.)

Das Recht der Uebersetzung wird vorbehalten.

Münch's Buchdruckerei, Berlin NW.

Längst schon ausgebrannte Sterne
Leuchten noch mit gold'nem Flimmer:
Erdwärts aus der Weltenferne
Wandert Jahre lang der Schimmer.
Dichtung werden nur die Leiden,
Deren Heilung wir gefunden —
Euch am Jünglingsschmerz zu weiden
Mußt' ich erst zum Mann gesunden.

I. Theil.
Die Göttin.

Erstes Kapitel.

Seit vierzehn Tagen wohnte Robert Schneider in Leipzig. In diese Stadt, in der sich nie etwas ereignet, was zum Geiste spräche, in der die Männer vom Geschäft und die Frauen von der Musik verblödet sind, die widerspruchslos den Ehrentitel der langweiligsten unter allen deutschen Provinzstädten beanspruchen darf, und die demzufolge ganz logisch der Stapelplatz der deutschen Literatur ist — oder vielleicht besser gesagt: ihr Packboden —, nach Leipzig hatte der junge Berliner sich zurückgezogen, um vom nervenzerfressenden Toben der Weltstadt ungestört ein neues Werk zu vollenden. Es war, der zusammengewachsenen Eigenart seiner Natur gemäß, eine neuförmige Kreuzung von Roman und Kulturbild, eine Gattung, die er sich geschaffen, und in der er die Beschreibung und Untersuchung der verwirrenden Bestrebungen seines Zeitalters unternahm, deren Strahlen er durch das Prisma der Entwicklungsgesetze der Menschheit gebrochen hatte. Er wollte in diesem Werke die Kämpfe und Gegensätze der menschlichen Generationen schildern: die Grundstimmungen, aus denen die Flammen dieser Kämpfe zu allen Zeiten hervorgeschlagen, die Farben und Formen, in denen sie sich heut äußerten. Die ungebändigte Kraft der Jugend, die ziellos unklar nur vorwärts stürmte und im bloßen Fortschritt schon das Verdienst sah — die argwöhnische Klugheit der Herrschenden, die ihr neues Regiment mit allen Mitteln zu sichern strebten, — das Alter, das zäh zu halten suchte, was es einst geschaffen.

Das Werk war das zweite seiner Feder. Er kannte die Gefahr des „zweiten Werkes"; er hatte sie in den Schicksalen Anderer oft genug beobachtet. Seinem ersten Buch war ein ungeheurer Erfolg geglückt. Die Tiefe der Lebensauffassung, die lockende Sprache der Leidenschaft, die Schärfe der Beobachtung, die Gluth der Farbe hatten die Leser bestürmt, gefesselt, überwältigt. Zum ersten Mal war das Leben so als tausendfältiger Kampf ums Dasein erfaßt worden. Kampf ums Dasein in der Arbeit, der Liebe, der Wissenschaft, der Ehre. Zum ersten Mal war künstlerische, gestaltenreiche Anschauung geworden, was bis dahin nur als graue Abstraktion gegolten. Die unparteiische Gerechtigkeit gegen jede Gruppe, jede Seite der Kämpfenden hatte überzeugt.

Nun wollte er die Wirkung noch übertreffen. Am äußeren Erfolg, der sich im Hauptbuch des Verlegers ausspricht, lag ihm nichts. Er verachtete die Masse. Er sah Verstand nur bei den Wenigsten. Er schrieb auch nur für Wenige: während er arbeitete, dachte er immer sich selbst als Leser, mit unerbittlicher Strenge jede Zeile verfolgen. Sein bescheidenes leibliches Dasein fristete er durch Zeitungsarbeit, von der er selbst höchst gering dachte und die er mit spielender Leichtigkeit erledigte. Zu solcher Thätigkeit hypnotisirte er sich gleichsam selbst, setzte drei

Viertel seines Gehirns in Ruhestand und schrieb mit dem einen Viertel, dank der kolossalen Technik, die er sich erworben, jene kleinen Arbeiten, die auf das höchste geschätzt wurden. Er hätte, sich ganz auf dergleichen werfend, jährlich eine schöne Summe verdienen können, allein er hielt es für Selbstentwürdigung, für eine Art geistiger Aasjägerei, aus diesem Felde mehr zu beuten, als seine anspruchslosen Tagesbedürfnisse erzwangen. Mäßigkeit und Unabhängigkeit waren die Wahlworte seines Lebens. Jede Arbeit, die er unternahm, behandelte er vor Allem als eine Arbeit an sich selbst, er war sein eigener Zoïlus, er zerpflückte sich, sein Verhalten, seine Thätigkeit, wenn er Nachts vor dem Einschlafen unter der Bettdecke sich zur Selbstkritik befahl, mit einer Grausamkeit, zu der er als scharfer Rezensent Anderen gegenüber nie den Muth gehabt hätte, und an sich selbst stets die höchsten Maßstäbe versuchend, fand er sich immer als den Marodeur seiner Ideale. Er schürfte Fehler aus sich heraus, die seinen strengsten Beurtheilern entgangen waren. Er glaubte, Zeit und Sammlung zu gewinnen, wenn er Berlin mit seinen ermüdenden Entfernungen verließe, wenn er das grauenvolle Wagengerassel der durchhasteten Straßen, die faden Witzeleien der Kaffeehäuser, die abspannenden Bratenschüsseln der Gesellschaftsabende hinter sich hätte. Gewohnt mit der Minute zu wuchern, hütete er die Zeit als die einzige Münze, mit der er geizte. In übertriebener Selbststrenge fürchtete er, eine Gewöhnung an hohle Ueppigkeit könnte ihm Zugeständnisse an den Pöbel abschmeicheln. Der Stumpfsinn der Krämerstadt an der Pleiße war ihm Gefängniß und Bad zugleich. Er wollte sich auf sich selbst besinnen und enthielt sich deshalb jedes Verkehrs. Was hätten ihm diese Eingeborenen auch bieten können, welche, bis auf die kleinste Seelenfaser antiästhetisch, beschränkt und geschmacklos, sogar die schlichteste und schönste Mitgabe, die markige deutsche Sprache, zu einem wabblichen eintönigen Singsang entstellten? Das einzige Haus, in dem er sich häufiger als Gast einfand, war das seines Leipziger Verlegers, der zum Glück kein Leipziger war und dessen Familie ihm daher zweierlei bieten konnte, das er zu schätzen wußte und das er sonst in der ganzen Stadt vergeblich hätte suchen können: eine anregende Plauderstunde und eine einfache, schmackhafte und nährende Küche.

Ein anderer Umstand noch hatte Roberts Abreise von Berlin beschleunigt. Er hatte mit einem jungen Mädchen gebrochen, das er leidenschaftlich und aufrichtig liebte und das schon den ersten Anfängen seiner Neigung mit Freuden entgegengekommen war. Sie war sehr hübsch und von tadellosem Ruf, den ihre Beziehungen zu Robert in Nichts trübten. Diese hellblauen Neigungen lagen sonst nicht auf Roberts gewöhnlichen Wegen. Er stürzte sich mit seinem aufschäumenden Temperament, das sich nur äußerlich hinter einer angenommenen Kühle verbarg, gern und schnell in ein Abenteuer, setzte mit der ihm eigenen Energie seinen vollen Willen durch, und suchte dann, sich auf die eigentliche Aufgabe seines Lebens besinnend, ebenso schnell wieder die Freiheit. Vor Einem aber empfand er eine gewisse Scheu: vor der Hilflosigkeit der Unerfahrenheit.

Es kam ihm wie eine Entadligung vor, seine männliche Uebermacht, seine unfehlbare Kunst der Ueberredung zu mißbrauchen. Seine Bequemlichkeit sträubte sich gegen die Szenen und Kämpfe, mit denen solche Abenteuer zu enden pflegen. Es bereitete ihm ein größeres Vergnügen, die Erfahrenheit zu besiegen. Er pflegte bei allen Freuden sich stets noch einen Wunsch offen zu lassen, er haßte es, sich an einer Speise zu übersättigen, es reizte ihn, vom Mahl aufzustehen, wenn der Braten kam. Bei den verschiedensten Gelegenheiten übte er diese Koketterie der Entsagung. Er hatte Rom den Rücken gekehrt, ohne Neapel besucht zu haben, Paris verlassen, ohne Versailles zu sehen, die Schweiz durchreist und Wallis zur Seite gelassen. Der Aberglaube beglückte ihn, in dieser Enthaltung eine Gewähr für eine baldige Rückkehr, für eine Wiederholung geliebter Genüsse zu besitzen.

Er wußte, daß für jene Kleine, die einer anständigen bürgerlichen Familie entstammte, die Heirath die nothwendige Folgerung der Liebe war. Ihm aber graute vor jeder dauernden Fessel. Seine Kunst war seine Seele, sie war ihm Alles, weil sein ganzes Wesen Poesie war. Er trug kein Bedenken, ihr auch jetzt die beglückendsten Aussichten seines Lebens zu opfern: seine Liebe, so wie er ihr beständig sichere Einkünfte opferte. Er war im Grunde überzeugt von der Wahrheit des umgekehrten Dichterworts: „Das Ewig-Weibliche zieht uns hinab." Entbehrungen beschwerten ihn nicht, Ueberfluß hatte keinen Reiz für ihn. Seine Frau aber entbehren zu sehen, hätte sein Herz gebrochen — ihr nicht jeden Wunsch gewähren, sie nicht schmücken, nicht mit Vergnügungen überschütten zu können, hätte ihn tief verwundet. Ein zerschliffenes Hauskleid, eine unreine Krause würden ihn verletzt haben. Er konnte das Weib nur ästhetisch auf sich wirken lassen, andere tiefere Wirkungen konnte es ihm nicht geben. Er konnte vor Allem keine Frau ernst nehmen.

Dabei aber waren seine Sinne so kräftig, so verlangend, so stürmisch, wie die irgend eines Künstlers. Kunst war auch bei ihm Anschauung, und Anschauung war das Leben triebkräftiger Sinne. Er haßte jene Froschseelenkünstler, welche die Begehrungen der Sinne

bürgerlich zu regeln pflegten, und deren kalte und trübe
Kunst daher über den flachen Kleinkram des bürgerlichen
Lebens nie hinausdrang und nur von seelenverwandten
Halbmännern für bedeutsam und welterlösend ausgeschrieen
werden konnte. Er fühlte, wie reich die Uebung der
Sinne seine Phantasie anregte, und wie gerade die Un=
regelmäßigkeit, die Unberechenbarkeit der Leidenschaft die
Unmittelbarkeit seiner Einfälle schuf. In den Armen
einer Frau, unter ihren Küssen sprangen mit der Plötz=
lichkeit des Blitzes die besten Gestalten, Szenen, Worte
aus seinem Gehirn. Jedes wahre Genie, jedes Genie der
Emotion, war starken Bewegungen der Sinne zugeneigt:
Robert dachte an Napoleon, an Luther. Und so war es
nur natürlich gewesen, daß er in seinem ersten Werke die
Sinnlichkeit aus dem Kerker befreit hatte, in den die
frömmelnde christliche Askese des Mittelalters, heuchlerische
deutsche Biedermeierei der Reaktionszeit sie gesteckt hatten.
Zum ersten Mal seit den großen, von Spießbürgern ab=
sichtlich mißverstandenen Klassikern, seit Goethe und Heine,
hatte er die wahren Triebfedern der menschlichen Hand=
lungen aufgedeckt, hatte er gezeigt, wie in der innersten
Herzensfalte jedes Menschen ein Stück Sinnlichkeit
steckt, die sich oft unter Handlungen verlarvt äußert, die
nicht das geringste mit dem Sinnenleben gemein zu haben
scheinen.

So lebte er denn auch nicht lange in Leipzig, ohne
den natürlichen Forderungen seines anfangs freiwillig auf
schmale Kost gesetzten Herzens Genüge zu leisten.

Einige seiner jüngeren Verehrer — denn die Jugend
schwor überall zu seiner Fahne — hatten ihn in manche
jener engen, niedrigen Studentenkneipen geschleppt, in
denen bei schlechter Beleuchtung, auf schmierigen Tischen
ein vorzügliches Bier verzapft wurde, und wo auf derben

Holzbänken bralle Liebchen sich an die Seite ihrer fuchs=
rothen oder grau bemoosten Studenten drückten.

Eine dieser kleinen, hübschen Schwalben, im Civil=
stand eine Kellnerin, Putzmacherin oder dergleichen un=
gebundene Kreatur, ein festes Mädchen mit blitzenden
Augen und kurzem Pudelkopf, hatte sich in ihn tüchtig
vergafft. Robert war weder hübsch, noch häßlich, weder
groß noch klein, das Ansehnlichste an ihm war seine
ungewöhnlich hohe und breite, über den Augen gewaltig
vorspringende Stirn, das Entzücken aller Maler und
Bildhauer. Im Uebrigen sah er aus wie ein gewöhn=
liches Menschenkind, und das Geheimniß des Zaubers,
den er auf die meisten Frauen ausübte und der schon
nach kurzen Stunden zu wirken begann — wo für diese
Art der Hypnose überhaupt Empfänglichkeit vorhanden
war, also bei allen nervösen Frauen, welche den Tick
nach oben hatten, das Interesse für Bildung, Feinheit,
das ahnende Vorgefühl feiner, sinnlich=übersinnlicher
Nuancen — war sein hinreißendes Temperament, das
echte Vollblut der Rasse, das aus den Sprüngen seines
zügelfeindlichen Wesens, aus seiner Unterhaltung leuchtete.
Obgleich ihm die Natur auch das zweite große Lockmittel,
die weiche, einschmeichelnde Stimme versagt hatte und sein
Ton hoch und schrill klang, so wußte er es doch durch
die blendende Gabe der Rede und des Gesprächs zu er=
setzen. Von Hause aus wortkarg und schüchtern, konnte
er trotzdem, sich an sich selbst entzündend, durch die Ein=
bringlichkeit seiner Schilderungen, den Witz und die Plastik
seiner Erzählungen, die Schärfe seiner Bilder, die Fülle
der Eindrücke, die er auf seinen weiten Reisen empfangen
und durchlebt, durch seine ganze, vollkommen persönliche
Beredsamkeit, die Frauen reizen, betäuben, blenden, über=
wältigen. Er pflegte zu sagen, daß ihm die Frauen sich

um so leichter unterwürfen, je erfahrener sie seien, je mehr sie sich zutrauten. Vollkommen fehlte er bei jenen Frauen mit undifferenzirten Seelen, die nichts besaßen, als den derben Instinkt der Weiberschlauheit, den Mann für den besten zu halten, der der dümmste war: weil er der lenkbarste schien, weil er jede ihrer tausend kleinen Künste ernsthaft nahm, und der ihnen zu ihrer genügsamsten Zufriedenheit weiter nichts bot als seine plumpe natürliche Mitgift. Robert war selten liebenswürdig, meist kurz und knurrig, wenn er aber die lange geschlossenen Schleusen öffnete, fluthete der Strom so mächtig, so rauschend, daß er jeden Widerstand hinwegschwemmte.

Ganz in die Grundlagen seiner neuen Arbeit eingewühlt, hatte er für stundenräuberische Liebeleien nichts übrig gehabt. Er arbeitete den endgiltigen Hauptplan seines Buches aus, die Risse, die Einleitung: die schwierigsten Parthieen also. Es galt, sich in die volle ungebrochene Grundstimmung des Werkes zu versetzen, seine Tonart festzustellen, die Leitmotive heraus zu treiben; der kleinste Fehler in der Anlage erschütterte von vornherein das Ganze; es war eine Arbeit der peinlichsten Aufmerksamkeit, der saubersten Meß- und Wägekunst, eine Arbeit, welche die feinste Kaltblütigkeit und Nüchternheit verlangte. Robert pflegte zu sagen: „Ein Dichter ist wie der Steuermann an Bord eines Ozeandampfers; man müßte ihn in eine kleine, abgeschlossene Kabine setzen und Jedermann verbieten, nur ein Wort mit ihm zu sprechen, damit er durch Nichts abgezogen, seine ganze Aufmerksamkeit auf die genaueste Ausführung der Kommandi seiner Muse sammele."

So hatte er denn die kleine Grisette ziemlich knapp und lieblos behandelt. Aber auf die Dauer war ein Dasein ohne Weiber doch nicht zu ertragen. Er dachte darin, wie Carlos im „Clavigo": „Ich kann nie ohne Weiber leben, und mich hindern sie an gar Nichts." Wenn er stundenlang auf einem harten Stuhl gesessen und sich das Gehirn beinah weich gearbeitet hatte, so brauchte er eine Ablenkung, eine Auffrischung. Das freiwillige Cölibat schadete auf die Dauer seiner Arbeit, wie jede einseitige Uebung schließlich zum Verhängniß wird. Eine Unruhe durchzitterte ihn, die Sammlung schlug in Zerstreutheit um, die Umrisse der Bilder seiner Phantasie verschwammen, die Farben verwischten sich, das Gehirn, vom Blutandrang gepeinigt, empörte sich in Stichen und Zuckungen, die Füße hielten nicht mehr ihre Stunden still. Er fand, daß die Askese am Ende noch verführerischer sei als die Ueppigkeit. Ihm fehlten oft die scharfen, treffenden, die Stimmung erhellenden und genau begrenzenden Worte, welche seinen Ruhm bildeten. Er konnte sich auch jetzt eher eine Erholung, eine Ablenkung, ein Spiel gönnen — und die Liebe war ihm ein Art seelisches Lawn-tennies — denn er hatte die konstruktiven Arbeiten für sein neues Werk beendet, er ging an die Modellirung der einzelnen Theile. Der feste Halt war gegeben, die Arabesken, welche die Phantasie zog, konnten durch Abenteuer und Intriguen sich nur reicher und fesselnder verschlingen.

In diesen Tagen hatte er einen Brief bekommen, der einer Liebeserklärung so ähnlich sah, wie eine Amsel einem Vogel. Er kannte den Namen der voll unterzeichneten Schreiberin sehr gut, er wußte von ihren reichsbekannten früheren Beziehungen zu einem geistvollen Excentriker, einem Halbslaven, dessen erklügelt lüsterne Gemälde Robert so abgestoßen hatten, wie die vollendete Kunst der Farbenmischung und Linienführung ihn fesselte. Seit dem Erscheinen seines Buches hatte Robert mehrere

Briefe von dieser Frau erhalten, alle in derselben entsetzlichen, vor Verschnörkelungen kaum lesbaren Schrift, in demselben hin und her springenden, abgehackten Stil, alle voll toller, verkrüppelter, auf den Kopf gestellter, verschachtelter Mißgeburten von Bildern und Wendungen. Die unglaubliche Schrift, der hopsende Flohstil, der fricassirte Inhalt machten das Lesen zu einer Qual. Neuerdings schrieb sie ihm wieder, sie habe von seiner Anwesenheit in der Stadt gehört, er sei der einzige lebende deutsche Schriftsteller, den sie achte, sie müsse ihn kennen lernen, er müsse sie besuchen.

Das Schlimmste wäre eine Enttäuschung — dachte Robert — und deren erlebt man alle Tage. Er ging also hin und fand eine Frau im Anfang der Dreißig, groß, üppig, dunkel, elegant, ganz Eitelkeit, ganz Nerven. Eigentlich nicht sein Geschmack; denn er liebte nur schlanke Blondinen, zart und elegant, biegsam wie Weidenruthen, nicht zu klein, vom heimlichen Feuer glühender Leidenschaft verzehrt, das sich hinter den Formen der Zurückhaltung und Vornehmheit barg. Er pflegte sogar zu sagen, daß es nichts reizvolleres gebe, als eine Dirne mit den Manieren einer Komtesse. Im Uebrigen war Frau Hart geistreich, paradox, interessant. Sie hatte viel erlebt und kannte sich auf eine gewisse Sorte von Menschen gut aus. Ein Duft der Behaglichkeit umschwebte ihr Heim. Die Zimmer waren nicht groß, aber mit viel Geschmack eingerichtet: nicht die übliche Fabrikwaare der Tischler und Tapeziere, sondern jedes Stück eigenartig, nach einer besonderen Zeichnung gearbeitet, die Wände, die Panneele voll, ohne Ueberladung, eine gute Bibliothek, überall Büsten und Bilder von Richard Wagner und Bismarck; jede Ecke schien ihrem Gedenken geweiht: dazwischen italienische und französische Putzfigürchen.

Frau Hetty überhäufte ihn mit Artigkeiten, mit Bewunderungen, mit gesprochenen Kniefällen und Umarmungen. Sie war als eine reife Frau zu der Ansicht gekommen, daß gute Bücher keiner Vorreden bedürfen, sie machte aus ihrer Zuneigung für ihn kein Hehl, sie verrieth ziemlich deutlich die Meinung, daß ein junger Mann, der die Liebe so feurig zu schildern wisse, selbst einen Vesuv in seiner Brust tragen müsse — eine Voraussetzung, die gerade in diesem Falle zufällig zutraf. Frau Hart führte ihn sogleich wie einen intimen Freund in ihr Boudoir: ein Gemach, das den berauschenden Zusammenwirkungen des Lockzimmers der Prinzessin Eboli ähneln mochte: im Stil eines Harem eingerichtet, mit schwellenden Divans, röthlich schimmernder Ampel, überhitzt. Sie ließ schwere, süße, spanische Weine kommen und trank ihm fleißig zu. Sie war stark geschminkt, aber diese Armenunterstützung der Schönheit, die er sonst haßte, schien sich hier dem Gesammtbilde störungslos einzufügen — der heißschweren Luft, dem Knisterrauschen des seidenen Gewandes, dem Spiel der krausen Boa, die sich um den Ausschnitt des feisten, weißen Nackens wand und schob. Sie soupirten, sie plauderten, und am Ende weniger Stunden hatte sie sich ihn viel mehr erobert, als er sie. Sie hatte in der Unterhaltung viel Witz, viel Schärfe der Beobachtung und war ihm gegenüber von einer himmlischen Offenheit. Mit jener trockenen, spöttischen Ruhe, die ihm eigen war, wo er von vornherein seine Ueberlegenheit sah, fragte er sie nach den inneren Einzelheiten ihrer berühmten Freundschaft mit jenem polnisch-deutschen Maler, über welche sich in der Kunstwelt die tollsten Mythen verbreitet hatten. — Jener Meister — Ivan von Starorypinski war sein Name — hieß allgemein nur der „Pelzmaler", da er auf allen seinen Bildern üppige

Frauen anbrachte, welche die göttlichen Formen ihres
Leibes mit nichts Anderem als kostbaren Pelzen ver=
hüllten und ihren orientalischen Launen fröhnend, geliebte
Sklaven fesseln ließen und eigenhändig durchpeitschten.
Die Sage ging, daß er zu jenen Sklavengestalten sich selbst
als Modell posirt hatte und daß feste unterschriebene
Verträge den unentbehrlichen Beistand der Herrin zum
Gelingen der seltsamen Kunstwerke sicherten. Frau Hetty
bejahte ohne Weiteres Roberts Fragen, und in einer
leidenschaftlichen Gier, sich auch seelisch dem neuen Freund
bis auf die feinsten Reize zu entschleiern, die sie für un=
widerstehlich hielt, brachte sie den Vertrag selbst und alle
zu seiner Ausführung nöthigen Hilfsmittel herbei und
schenkte ihm die Urkunde zur Erinnerung dieser genuß=
reichen Stunden. Das Wiedererwecken jener eigenartigen
Bilder schien ihr außerordentlich wohl zu thun. Er be=
bauerte offen, ihrer reiferen Zukunft ähnliche Merkwürdig=
keiten nicht in Aussicht stellen zu können, da ein Weib,
das er nicht beherrsche, jede Bedeutung für ihn einbüße.
Sie lachte und zeigte ihm Briefe eines der ehrwürdigsten
Bonzen der Stadt, eines Mannes von tönendem Titel
und erhabenen Würden, des Verfassers von Schriften
weihevoller Tugend, auf dessen Namen alle Familien=
häupter der ehrsamen Bürgerschaft schworen — der in
seinen Mußestunden aus Liebhaberei malend unablässig
in den glühendsten Wünschen nach einem Modell meckerte,
das ihm die Ausführung seines schon längst koncipirten
lebensgroßen Bildes: „Am Marterpfahl" ermöglichte. Sie
hatte seinen Bitten nie Folge gegeben, weil der alte
Tartuf sie langweilte, der bei jeder öffentlichen Gelegen=
heit in flammenden Reden die Palladien der Sittlichkeit,
der Familie gegen den modernen Geist des Umsturzes
und der Gottlosigkeit verwahrte, und der dafür in dieser

strengen Stadt, in der die Sittenlosigkeit nur diesseits der Hausschwelle geduldet wird, selbst als kleiner Herrgott geehrt wurde.

Robert lachte — aber als er gegen zwei Uhr Nachts durch die stillen Straßen den Heimweg antrat, als ein kühlender Ostwind seine perlende Stirn, seine trockenen Augenhöhlen erfrischte, indeß die müden und schweren Füße sich langsam von einem Laternenpfahl zum andern wälzten, als er hinter verschlossenen Fensterläden röthliche Strahlen und kreischende Töne sich hervorstehlen bemerkte, fiel über das leichtsinnige Lachen, das ihm beim Stolpern über die Hausschwelle als der Niederschlag dieses vergnügten Abends aus der Kehle schlüpfte, der Schatten eines ernsten, bremsenden Bedenkens. Er besaß noch Nüchternheit genug, um sich zu sagen, daß die Frauen, welche sich Männern von Ruf aufdrängen, nur die Absicht haben, sich mit ihren Eroberungen zu brüsten. Er pfiff sich das Vorsichtssignal zu. Es konnte ihm nichts daran liegen, der Gegenstand des Ulkes eines noch von der Zukunft Umschleierten zu sein, wie heut Staroxypinski sein Hampelmann gewesen. „Angenommen für vierzehn Tage" hatte er sich bei Hettys Eintritt gesagt. Jetzt gestand er sich, daß ihm der eine Abend ein Vergnügen von zwei Wochen verdichtet hatte. Um die schöne Dame nicht im mindesten im Zweifel zu lassen, daß er ihr Spiel durchschaue, um sich wenigstens diesen Triumph zu sichern, schrieb er ihr am nächsten Tage einen Brief voll liebenswürdiger Kälte, voll förmlicher Höflichkeit, mit den lebhaften Versicherungen seiner dauernden Freundschaft, seiner ungetheilten Bewunderung für ihre Kunst der geistreichen Unterhaltung. Die „Sie" und „Gnädige Frau" führten in diesem Briefe das zierlichste Menuet auf.

Eine Sturmwelle der Empörung, eine Windhose von

Vorwürfen schlug zurück. „Feigling!" über „Feigling!" donnerte es daraus — und auch der bekannte Schluß fehlte nicht: „Wie konnte ich auch etwas Anderes als Erbärmlichkeit erwarten? Du bist ja ein Mann!"

Er ließ ihr ihren Muth und ihre Wuth, streckte sich auf dem Sopha und lachte — sie aber lag zu Bett, biß an ihren wohlgefeilten Nägeln und wies die Manicure ab, trank Chokolade mit Ungarwein und knirschte: „Mein altes Unglück! Mein alter Fehler! Ich kann nicht warten!"

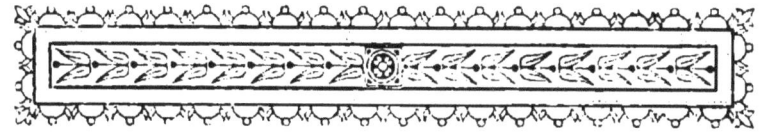

Zweites Kapitel.

Um seine Erkenntlichkeit für die empfangene Gastfreundschaft zu beweisen, war Robert seinem Verleger bei der Anordnung einer wissenschaftlichen Zeitschrift behilflich, welche dieser herausgab. Die paar von Robert zusammengestellten Nummern hatten sich durch Mannichfaltigkeit und guten Geschmack auf das Vortheilhafteste ausgezeichnet, die Bestellungen mehrten sich, von allen Seiten kamen Anerkennung und Beifall. Als Robert sich in Krickenbach's Geschäft begab, um nach den neuen Einläufen zu sehen, tänzelte ihm der Verleger mit seiner Miene voll drolliger Wichtigkeit entgegen. „Pppfff! Feine Sache! . . . eben dagewesen! . . . hätten zehn Minuten früher kommen sollen! . . . pppfff!" Er blies die Backen auf, drückte mit dem rechten Zeigefinger gegen die rechte Wange und trieb die Luft durch die gespitzten Lippen. Krickenbach war ein kleiner, hagerer Herr, mit einem aschblonden Ziegenbart, hochroth im Gesicht; die Stimme hielt stets die Mitte zwischen Kichern und Meckern.

Er hatte die angenehme Kaufmannsgewohnheit, alle Dinge, die ihm entgegentraten, die ihm angeboten wurden oder die Andere besaßen, von vornherein schlecht zu machen, bevor er sie noch näherer Betrachtung unterzog. Nur was er hatte, that, verlegte, war großartig, unübertrefflich, und jeder Zweifel daran Tempelschändung — aber die anderen Verleger waren „Bönhasen", die Schriftsteller, die nicht bei ihm erschienen, „Schmierfritzen". Sein größter Zorn waren schreibende Frauen. Ein Manuskript, von einer Dame eingeschickt, war der Ablehnung sicher: er las es gar nicht und rief seinen Prokuristen: „Herr Dippel! ... Hier ... sofort zurück! Schund, Schund, Schund! Das Weibstück soll Strümpe flicken!"

Krickenbach in Begeisterung: da war etwas Merkwürdiges vorgefallen. „Was ist der Mär?" fragte Robert.

„Sie — Schneider ... ein Frauenzimmer war da ...! Piek=As, sage ich Ihnen! Das war Rasse! Donnerwachsstock! Ppff! Die bestell' ich morgen her — die müssen Sie sehen!"

Robert machte große Augen: ein Weib, das den trockenen Gesellen in Zustände versetzte?! ... Krickenbach spielte den berufsmäßigen Weiberverächter. Seinen Damen zu Hause gegenüber gab er sich als Tyrann: seine Frau, eine zarte und feingebildete Dame, kränkelte viel, und durch den Arzt gezwungen sie zu schonen, schien er sich entschädigen zu wollen, indem er seine Schwägerin, welche ihm das Haus führte, und die Dienstmädchen piesackte, reizte und bis auf's Blut triezte. Nichts war ihm ordentlich, nichts ging ihm schnell genug, nie schmeckte ihm eine Speise, Alles stand ihm verkehrt, und wenn die Frauen dann klagten, schmollten oder gar weinten, strahlte sein rothes Gesicht vor Vergnügen, er lachte aus vollem Halse und erschien sich ungeheuer bedeutend. Robert wußte, daß Alles dies nur Posse war, daß hinter seiner „Miese=

giene" sich derbe Wünsche versteckten, aber daß er, um sich selbst als „praktisch" zu erscheinen, die Liebe nur als eine Waare betrachtete. Er pflegte mit rüber Offenherzigkeit Frauen, auf deren Entgegenkommen er sich Hoffnung machte, zu sagen: „Wissen Sie, meine Dame, ich bin Geschäftsmann ... bevor ich etwas kaufe, pflege ich mich genau nach dem Preise zu erkundigen." Er gestand Robert offen, daß er Liebe am besten im Bazar erstehe. Jedes hübsche Weib reizte seine Wünsche und er drängte sich in Wahrheit hinter alle. Aber auch bei leichtsinnigeren Frauen von selbstbewußter Haltung und feinerem Taktgefühl traute er sich nicht recht mit der derben Sprache heraus, denn er hatte schon üble Erfahrungen eingebracht: oft hatte er spitze Antworten bekommen, die ihm selbst bei aller kaufmännischen Unverfrorenheit das Blut in die Wangen schlugen, und einmal, von einer kleinen Schauspielerin, sogar einen kräftigen Backenstreich. Er verstand durchaus nicht, jenes Zartgefühl der Form zu schonen, welches auch die ungebundenste Frau bis zum letzten Augenblick schätzt, zumal in der Keimzeit neuer Beziehungen, und jede zarte Vertraulichkeit entartete seinen untrainirten Fingern zur harten Handgreiflichkeit. In diesem wohl empfundenen Widerspruch zwischen Absicht und Technik konnte er einer Frau, deren Besitz ihn lockte, stundenlang gegenübersitzen, sie mit lauernden Seitenblicken umzüngelnd, mit ungeschickt verhüllten Anspielungen beschnüffelnd, jeden Augenblick bereit sie anzufallen und immer wieder zurückschneppernd. Sein Fleisch war willig, aber sein Geist war schwach. Dazu kam die beständig in ihm vibrirende Furcht, Vergnügungen jeder Art, die nur durch die Vermittelung persönlicher Gunst erworben wurden, höher als andere, schlicht gekaufte, über den Preis bezahlen zu müssen; er sah in jeder Zurückhaltung nur ein Manöver zur Werthsteigerung, er fürchtete zur Uebertheuerung noch den Spott, und pflegte zu Robert öfters zu sagen: „Lieber junger Mann, immer nur baar Kasse kaufen! Das ist das Billigste! Krebit ist schon bedenklich — und geschenkt ruinirt unter allen Umständen!"

Und heute — diese plötzliche Begeisterung? Das ging nicht mit rechten Dingen zu! Ein wenig mißtrauisch fragte Robert daher: „Was wollte das Frauenzimmer denn?"

„Hier!" rief Krickenbach und warf ihm ein loses Bündel beschriebener Konzeptblätter zu. — „Großartige Sache! Orientalische Frage! Wichtige Staatsgeheimnisse enthüllt! Sensation! … Ppff! … Sehen Sie sich doch, bitte, den Quark mal an … ich habe keine Zeit. So viel zu thun! Schrecklich!"

Was? dachte Robert und runzelte die Stirn, eine Schriftstellerin? Und solcher Enthusiasmus? Das scheint eine ganz unterkittige Sache! „Wenn ich so Feuer und Flamme wäre," sagte er gedehnt, „würde ich doch dieses Wundermanuskript, diesen Schatz, wenigstens selbst lesen." Dabei hatte er aber, der Neugier weichend, schon mit den Fingern in den Bogen umhergegabelt.

„Ich nehme es! Ich nehme es auf jeden Fall!" krähte der Verleger.

„Wozu soll ich's dann noch lesen?" fragte Robert, begann aber doch zu studiren. „Was wollen Sie überhaupt mit Politik?"

„Warum nicht?" sprudelte Krickenbach. „Warum nicht? Heutzutage muß man Alles bringen. Alles, was Geld macht, Alles, was Sensation erzeugt. Die Masse muß es bringen. Mein Verlag ist der reichste in ganz Deutschland!"

Während er Robert seine Grundsätze und seine Bedeutung wieder einmal einzureden suchte, pflückte dieser an dem Manuskript herum. Es war eine energische, große, feste, aber doch weibliche Handschrift. Bald zupfte er an seinem Schnurrbärtchen, zuckte die Achseln, lachte, murmelte einzelne Silben. „Was ist es eigentlich für ein Aal?" fragte der Verleger nach einiger Zeit.

„Na, es sind Briefe ... einer Pariser Chansonette ... ja ..." (Krickenbach schnalzte mit der Zunge) „... im richtigen saloppen Boulevardstil geschrieben ... an den Fürsten von Albanien, ihren Liebhaber, den sie in Paris kennen gelernt hat ... er lebt sehr unglücklich mit seiner Frau ... er hat ihr offenbar von den Intriguen erzählt, die von allen Seiten um seinen Thron gesponnen werden ... sie antwortet ihm darauf, giebt ihm sehr naive Rathschläge ... dann schreibt sie ihm auf's Schlachtfeld ... sie hat allerhand diplomatische Kommissionen in Paris für ihn besorgt ..."

„Fein, fein!" rief Krickenbach.

„Die ganze Sache scheint mir doch sehr mulmig."

„Aber ich bitte Sie — die Briefe sind doch da!"

„Das sind die Abschriften. Wo stecken denn die Originale?"

„Die hat natürlich der Fürst."

„Woher hat das Frauenzimmer denn die Abschriften?"

„Was weiß ich? Sie muß wohl auch Beziehungen zu dem Fürsten — sie scheint weit in der Welt herumgewesen zu sein. Pfff!"

„Fauler Zauber!" ... Robert schüttelte den Kopf, erhob viele Bedenken und suchte Krickenbach von dem Verlage dieser Sensationsschrift abzubringen, die besser für das Geschäft eines kleinen, pfennighungrigen Konkurrenten passe. Aber Jener war Feuer und Flamme und nur mühsam verbarg er, daß die Schrift ihm eigentlich ganz gleichgiltig war, daß ihm nur an der hübschen Herausgeberin lag.

„Na — so können Sie sie jedenfalls nicht an's Tageslicht bringen," warnte Robert, „die Uebersetzung ist voller Fehler und Gallicismen."

„Sie wird's ändern, sie wird's ändern!" entgegnete er hastig. Robert entsann sich übrigens ihres Namens. Im „Literaturmagazin", einem langweiligen Winkelblättchen, hatte er vor einiger Zeit einen kurzen Aufsatz mit ihrer Unterschrift gelesen, der ihm durch eine gewisse Frische vor dem übrigen plumpen und platten Geschwätz aufgefallen war. Er war nach englischem Muster gearbeitet — mehr Aneinanderreihungen quellgleicher Thatsachen als schöngeistelnde Phrasen, in benen der schmutzige und putzige Herausgeber des Blattes sich sonst überkugelte. „Eine fremde Rübe in diesem Sack," hatte er gesagt.

Etwas Besonderes mußte es schon sein, das „Meister Purzelbaum", wie Robert den Verleger getauft hatte, so in Schuß brachte. Er schwärmte den ganzen Tag über von ihr, feixte über's ganze Gesicht, zupfte sich den Bart und meckerte von Zeit zu Zeit ganz unbegründet: „Schade, Schneider, daß sie nicht da waren, die hätte Ihnen auch gefallen! Was'n paar Augen! Pff, das reine Lustfeuerwerk!... Und das Benehmen! So distinguirt, so ganz Dame!... Wenn sie morgen Nachmittag kommt, müssen Sie hier sein!..."

Nach dem Fall der Frau Hart — die, wie sie ihm erzählte, Krickenbach auch umwebelt hatte — verachtete Robert wieder für einige Zeit das Weib; wie es ihm bann stets erging, wenn er merkte, daß er eine offene Stadt belagert hatte. In einer Gegenströmung des Trotzes ging er denn auch nicht zu der angegebenen Zeit in's Kontor, sondern erst später. Die Interessante war, wie

er erwartete, schon fort — er wollte sie gar nicht sehen —, aber Krickenbach geberdete sich noch unsinniger als früher. Er hopste auf einem Beine umher, sang vor sich hin, rieb sich die Hände — ja, er fragte Robert, ob er keinen Vorschuß brauche!! Schneider wandte sich zum Prokuristen und fragte flüsternd: „Er hat wohl den Pieps?" — Dippel lächelte pfiffig auf sein Kontobuch nieder. Kricken=
bach, die Hände in den Hosentaschen, von einem Bein auf's andere hüpfend, unterbrach sich im Pfeifen des Schunkelwalzers und sagte: „Na, dummes Kerlchen, warum waren Sie denn nicht da? Doch nicht Angst ge=
habt? ... Ja, die Kleine kann Einem heiß machen! Die versteht's. Donnerwachsstock! ... Ich sage Ihnen, Schneider —" und dabei schlug er ihn auf die Schulter, „so was haben Sie noch nich gesehen! Das ist Feuer, Geist, Leben! Pfff!"

„Und die Uebersetzung?" fragte Robert ärgerlich.

„Sie wird sie verbessern! Ich hab's ihr gesagt. Ich habe ihr versprochen, sie zu besuchen und ihr dabei zu helfen — —"

Ein teuflischer Plan stieg in Robert auf. Wenn das Frauchen wirklich nett war — warum es diesem alten Hanswurst gönnen? Ein zarter Braten war nichts für diesen harten, an Disteln gewöhnten Gaumen — der be=
kam ihm viel besser. Für all' die Reize feinerer Be=
ziehungen, welche Verwöhnten die Hauptfreuden sind, hatte der Philister ja doch keinen Sinn: er hielt sich an die ewig gleiche Melodie des alten Liedes, während die zarten Launen der Präludien sein dickes Trommelfell nicht einmal rührten. Er suchte Krickenbach klar zu machen, daß ein solcher Besuch für ihn, den großen und berühmten Verleger, nicht passe, daß er Ansprüche und Mißdeutungen errege, daß ihn nur eine vornehme Zurück=

haltung kleibe, wenigstens zunächst, bei der Kürze der Bekanntschaft, daß es viel besser sei, wenn er das Opfer bringe, sich in seinem Auftrage als Helfer und Verbesserer zu der Dame zu begeben.

Der Verleger, von Natur so mißtrauisch, daß der kleinste Tropfen Gift oft sein Herz empörte, wurde schwankend — er bedachte, daß seine Begeisterung die Geldforderungen der Dame leicht steigern könnte, und nach wenigen Minuten glänzender Ueberredungskunst hatte Robert ihn so weit er wollte. Mit geschultem Spürsinn verstand der Schriftsteller die geheimen, unausgesprochenen Gedanken Anderer zu errathen: er wußte, Krickenbach stellte sich vor, wie sehr es der Dame imponiren müsse, wenn ein Mann von Schneibers Namen gewissermaßen als sein Dienstmann käme — er ließ ihn friedlich in diesem Wahn und begnügte sich, die Erfolge seiner List einzuheimsen, indem er sich zwei Tage später zu Frau Haba-Néra verfügte.

Er stand vor einem Hause der Vorstadt — nicht vor einer jener kleinen, epheu-umspannten Villen des Rosenthals, sondern in einem stillen Seitentheil des rauchigen, klebrigen Fabrikbezirks. Es war ein altes, grauschwarzes Haus, hoch und klobig, ohne Erker und Balkone. Ein langer und enger Gang führte im ersten Stock zu einer kleinen, schmierigen Leihbibliothek. Die niedrigen Wände starrten bis zu den kantigen Ecken von abgegriffenen Scharteken, der Staub schwamm in behaglichen Wolken durch die Luft, ein saurer Moderduft insultirte die Nase. Welch' unzählbare Sammlung aller erdenklichen Krankheitspilze schien hier verpflegt! Robert gestand sich, daß er sich das Heim der Grazien anders gedacht. Ein buckliges, verhuzzeltes Fräulein fragte nach seinem Begehr. Er wurde angenommen und in ein weiteres Zimmer längs

Zweites Kapitel.

des Ganges geführt. Alte, firnißblasse Möbel mit zer=
sprungenen Flächen, bleiche Plüsche, abgeriebene Ripse,
vorsichtig geflickte, aber kalkweiße Gardinen meldeten schüch=
tern die Behaglichkeit des Murmelthierlebens, die Reize
der Einschränkung.

Im Nebenzimmer flochten sich Frauenstimmen durch=
einander — und dann, nach einigen verlegenen Sprüngen
des Wanduhrzeigers, stand sie drinnen, die zarte Circe,
die aus dem steifbeinigen Verehrer ein hüpfendes Böcklein
gemacht hatte. Er hatte kaum gemerkt, wie sie herein=
schlüpfte — lächelnd war sie plötzlich da. Mit einem
Blicke suchte Robert die ganze Erscheinung zu verschlingen,
einzufangen, an sich heranzuziehen und war in dieser
Minute so ganz nur Kritiker, daß seinen noch spöttisch
gekräuselten Lippen beinahe ein „Hm, nicht übel!" ent=
zuckt wäre. Ihrer Wirkung gewiß, schien sie locker mit
den Fußspitzen am Erdboden zu haften, in einer Mischung
von Demuth und Selbstgefühl. Er blickte sie groß an
— und es war ihm, als ob an der Stelle dieses ge=
schmeidigen Frauenkörpers das Trugbild einer aufgerich=
teten Eidechse ihm gegenüberstehe, als ob aus dieser
schlanken Gestalt, die zart und biegsam, ansehnlich aber
nicht groß, formreif aber nicht üppig erschien, aus diesem
kleinen Rassenkopfe zwei kluge Augen voll weicher Kühle,
mit unbefangener Neugier an ihm heraufblinzelten, als
ob die lächelnde Ruhe dieses Geschöpfes bei seiner ersten
Bewegung in eilende Vorsicht umschlagen und es raschelnd
hinter die nächste Mauerspalte schleudern könnte. Die
zierlichen Nasenlöcher zitterten — das war die einzige
Bewegung: das goldblonde, in hundert Löckchen einge=
drehte Haar, der feine, fast lippenlose, messerschneidige
Mund ruhten wie geschnitzt. In den scharfen, klugen,
blaugrauen Augen ummäntelte Schlauheit die Sinnlichkeit.

Der Schnitt des Kleides erinnerte Robert an seine kleine Schauspielerin vom vorigen Jahr ... ein wenig mitgenommen, mit leicht polirten Nähten, saß es doch prall und sauber. Diese langen, weißen, verschränkten Hände schienen das mit buntgestickter Decke stolz verhüllte Brot der Armuth zu tragen.

Er fand in diesem Augenblicke bei sich, daß ihre Arbeit eigentlich sehr interessant sei, er suchte sich zu überzeugen, daß sie ein fesselndes Bild jener vor der Reife faulen südslavisch-halbasiatischen Kultur gab, die sich aus Lüderlichkeit, Wildheit, Rohheit, Schwäche und Formbegabung zu europäischer Wichtigkeit aufblies, das gelungene Porträt eines jener liebenswürdig-verkommenen Balkanfürstchen, welche die orientalische Frage wie ein galantes Abenteuer mehr behandelten und denen ihr Land nur ein großes Cabinet séparé war....

Sicher, gewandt, mit vornehmer Zurückhaltung, wie sie einem Fremden gegenüber geboten war, behandelte sie ihn. Als er vor sich hinlächelnd auf dem Sopha Platz nahm, dachte er: „Nein, mein guter Purzelbaum — diese Rose kommt nicht in Dein Knopfloch!"

Er, um doch eine Anknüpfnng zu haben, einen Einfahrtsstollen in ihr Herz, besprach mit ihr die Manuskriptfrage. Sie kam nie in Verlegenheit, sie widersprach sich nie. Sie schien mit Politik großgesäugt, bei der Flasche der Literatur aufgewachsen. Robert nahm so Theil an ihrer Person, daß er sie beinahe in ein Verhör zwang, daß seine Fragen immer eindringlicher, immer schneller folgten. Er hätte sie gern auf einem Widerspruch ertappt — aber mit sanfter, gleichmäßiger Stimme, ohne sich von ihm treiben zu lassen, mit dämpfendem Lächeln entgegnete sie. — —

„Sie behaupten also entschieden die Echtheit, gnädige

Zweites Kapitel.

Frau? Aber wie kamen Sie in den Besitz der Abschriften?"

„Sie wurden mir von Jgatitsch übergeben, dem Privatsekretär des Fürsten — ausdrücklich zu politischen Zwecken, mit dem Auftrage der Veröffentlichung."

„Sie waren selbst in Albanien, gnädige Frau?"

„Ein Jahr vor meiner Verheirathung. In diplomatischem Auftrage von Paris aus. Der Premierminister Gobjeff war damals gerade gestürzt — er, der Retter, der gute Genius Albaniens, durch eine Intrigue der Fürstin, einer kalten, hochmüthigen Protestantin, der Prinzessin eines deutschen Fliegenstaates ... die ihren Mann quälte, mit Eifersüchteleien und Bekehrungen bis auf's Blut peinigte.... Sprechen diese Briefe nicht deutlich genug, wie unglücklich der arme, gute Dmitri sich fühlte, wie er im eigenen Hause verkauft war, indem seine Frau hinter seinem Rücken in Paris Intriguen zum Sturze seines innigsten Freundes anzettelte?" Frau Haba=Néra nannte ihm so viele aus den Zeitungen vertraute Namen, behandelte so viele ihm fremde Ereignisse als weltbekannte Thatsachen und trug Alles mit demselben sicheren Lächeln vor, daß er mit seinen Antworten in Rückstand kam. Er wußte, daß im Orient so gut wie in Frankreich der Zwischenhandel der Politik in den Händen der Frauen ruht....

Nur um etwas zu sagen, erwiderte er: „Ja ... fürchten Sie aber nicht, gnädige Frau, daß die öffentliche Bloßlegung der zarten Intimitäten des Fürsten diesem peinlich und seiner Frau eine neue willkommene Waffe wäre?"

Sie schlug die Augen zum Himmel, lächelte noch engelhafter und sagte, das Köpfchen zur Seite neigend: „Glauben Sie, daß ein orientalischer Fürst auf den Ruf eines Joseph ambitionirt? Oder daß eine Fürstin so schlecht unterrichtet ist, um erst auf dem Wege über Leipzig erfahren zu müssen, wie ihr Gatte sich drei Jahre früher in Paris amüsirte? Oder daß ein Staatsmann kleinbürgerliche Bedenken hegt, ein Eckchen seines moralischen Rufs abzubeißen, wenn er seinen Gegner politisch zerstampfen kann? Das weiß der Dichter der ‚Instinkte' ohne Zweifel besser als ich."

Robert machte große Augen. „Sie kennen mein Buch?"

„Ihr Ton des dankbaren Erstaunens würde besser zu der Frage passen: Sie kennen es auswendig?... Kennen? Wer kennt es nicht? — Ich habe es oft genug gelesen, um es beinahe wörtlich zu wissen — und es wäre die stolzeste Erinnerung meines Lebens, wenn ein Schriftsteller, den ich so verehre, mir bei der thörichten Maschinenarbeit der Eindeutschung der Uebersetzung ein wenig Rath zuwerfen wollte.... Wenn Sie ahnten, wie ich Ihr Buch verehre! Wie der unerhörte Muth mir imponirt, mit dem Sie der ganzen Gesellschaft den Fehdehandschuh hinwerfen und die wahren Triebfedern aller gleißenden, hochgebrüsteten Handlungen aufdecken!... Ich achte keinen Vorzug so hoch, wie den Muth.... Ich bin Offizierstochter. Mein Vater war Adjutant beim Feldmarschall Prinzen Anton Emil. Ich bin nur dem Gesetz nach Preußin. Ich verabscheue Preußen, dieses Land der Rücksichtslosigkeit, der männlichen Grobheit, der Glaubensheuchelei, des Spießbürgerthums. Mein Vater stammt aus Ungarn, dem Lande der Freiheit. Mein Urgroßvater war auch ungarischer Husarengeneral: der berühmte Habanowitsch, der Friedrich den Großen besiegte und dem Napoleon den Marschallsstab vergebens anbot. ‚Wenn Napoleon Präsident der pannonischen Republik ist, bin ich sein Feldmarschall', lautete die Antwort des stolzen Magnaten.... Meine Urgroßmutter war eine Italienerin, die Principessa della Casabianca.... Mein Großvater trat in preußische Dienste.... Als mein Vater in der Schlacht von Königgrätz den Honvedgeneral Grafen Tumaj vom Pferde schoß und seinen Degen erbeutete, murmelte er, ihn hoch schwingend: ‚Jetzt endlich trage ich den Degen, der mir gebührt.'..." Ihre Augen strahlten, sie warf den Kopf zurück, daß die goldenen Locken sich schüttelten, wie Blüthenzweige im Winde, ihre Lippen öffneten sich weit, ihre Stimme hatte einen festlichen Klang.

Robert blickte sich unwillkürlich im Zimmer um, Ihre Augen waren den seinen gefolgt und hatten sie eingeholt. — „Nicht wahr," sagte sie schnell, „alte Soldatenherrlichkeit, wo bist du hingesunken? Hier sieht es wenig nach Lorbeeren und Weltgeschichte aus? Das fühlen Sie, nicht? Hier starrt und brütet nur der ganze Trübsinn einer Offizierswittwenpension? Ach, meine arme Mutter... sie ist drinnen im Nebenzimmer... aber was schleppe ich Sie in diese peinlichen Verhältnisse — —"

Der junge Schriftsteller unterdrückte kaum ein leises Kopfschütteln.... Alles das baumelte so zwischen Sittendrama und Märchen... es klangen daraus die fatalen Kouplets der Kommandantenwittwe Maëstro Offenbachs herüber... ein täuschendes Zwielicht umhüllte die schlanke Gestalt, welche die Schicksale der Hochstaplerin im Ton der Weltdame erzählte. Die freie Stirn der Offizierstochter trieb befremdliche Neckerei mit den buntschreienden Kleidern der Zigeunerin.... Sie schien die Zweifel in seiner Brust zu sehen, sie fiel mit dem schmelzenden, ergebenen Ton von früher schnell ein: „Also Sie wollen mir helfen... bei der Uebersetzung? Ach, wie liebenswürdig! Ich weiß ja, daß mein Deutsch nicht gut ist.

Aber wenn man Jahre lang nur französisch, englisch und spanisch gesprochen und geschrieben..."

„Ah, so, gnädige Frau?"

„Ich bin im französischen Kloster erzogen, bei den Schwestern vom Sacré-Coeur, in Lothringen. Mein Vater hatte noch immer die magyarische Zuneigung für Alles Französische. Dann lebte ich lange in England bei Verwandten..." In diesem Augenblicke trat der Postbote ein und brachte den „Figaro" und die „Times". Robert, dessen Blicke sie verschlungen hatten, athmete wie erleichtert auf. Alles Wahrheit. In der That — seltsame Verkettungen!... Die Zeitungen waren ihm wie ein Gottesurtheil gewesen.... Sie nahm sie über. „Es sind die einzigen, die ich halte. Sie werden mir zugeben: Jeder, der sich einigermaßen in der Welt umherbewegt hat — er braucht nicht einmal gleich mir vier Erdtheile gesehen zu haben — der sich nur einigen Geschmack, einige Lebensanschauung erworben, kann unmöglich eine deutsche Zeitung zur Hand nehmen."... Mit dieser Behauptung schlug sie in ihm verwandte Töne an. Niemand empfand so wie er den engen Gesichtskreis, die stumpfe Spießbürgerlichkeit der deutschen öffentlichen Meinung. Sie begann ihm zu imponiren.

„Und haben Sie," fragte er, „nur darum vier Erdtheile gekreuzt, um in dem trübsinnigsten aller Erdennester schließlich den zu früh ersehnten Ruhehafen zu finden?"

Ihre Stirn runzelte sich, die unteren Augenlider zogen sich schmerzvoll hinauf. „Eine Thorheit kommt nie allein. Als ich die Welt von Chicago bis Jerusalem kennen gelernt hatte, glaubte ich neue Entdeckungen nur noch zwischen vier engen Wänden zu finden. Sobald dem Zugvogel die Erde zu eng wird, baut er sich ein festes

Zweites Kapitel.

Nest.... Ich verheirathete mich ... in Deutschland....
Wenn Ihnen, lieber Herr, die Philosophen sagen, daß
jedes Ding in der Welt einen Grund habe, so antworten
Sie ihnen in meinem Namen, daß sie faseln: ich hatte
gar keinen Grund dazu. Wenn Sie, wie ich weiß,
Dichter sind — bitten Sie Ihre reiche Phantasie, die
ich schätze, sich die Entdeckungen selbst auszumalen, die
ich an einem Orte machte, der sich mein Heim nannte,
und mein Gefängniß war — und mit einem... Herrn,
der mir am liebsten den runden Reifen vom Finger gezogen hätte, um ihn zu versetzen.... Dank dem Tage,
der mich mir selbst zurückgab! es war, als ich die Bilanz
meiner Ehe zog, so ungefähr das Einzige, was mir von
mir übrig geblieben war.... Ich kam nach Leipzig, weil
ich nicht weit von hier wohnte, weil ich die Stadt, in
der die meisten Bücher erscheinen, für den geistigen Mittel-
punkt Deutschlands hielt —"

Robert lachte, „der alte Irrthum!" schaltete er ein.

„— weil ich nun einmal eine thörichte Vorliebe für
Alles hege, was vom Geiste stammt, weil ich glaubte,
daß im nüchternen Deutschland hier noch am ehesten für
eine Frau meiner Art Lebensluft wehe. Ich sehe jetzt
auch ein, daß ich mich getäuscht habe und werde in kurzer
Zeit schon meinen Pilgermantel weiter tragen. Ich habe
in Berlin einen Onkel — er ist mein einziger Verwandter,
sonst stehe ich mit meiner Mutter ganz allein — er ist
Geheimrath im Kultusministerium — zu ihm —"

„Aber nicht vor Vollendung Ihrer Arbeit."

„Sie wird bald beendet sein. Sie wollen also für
ihre Veröffentlichung sorgen? Sie werden Herrn Krickenbach zureden?" fragte sie schnell.

„Ich verpfände Ihnen mein Wort!"

Ein duftiger, feuchter Rausch wickelte sich schleierartig um seine Sinne, als er sie verließ — aber doch mühte er sich, mit nüchternen, trockenen Augen das flimmernde Gewebe zu durchschießen. „Armer Purzelbaum!" dachte er, „du thust mir leid! du haft dich wieder einmal umsonst gefreut! Aber Jeder ist sich selbst der Nächste!"

Draußen, auf offener Straße, in freier Luft, suchte er sich den ganzen, eben erlebten Nachmittag noch einmal aufzubauen, die Momente, die ihn gereizt hatten, künstlerisch ordnend und steigernd, um sich die Wirklichkeit zu höherem und dauerndem Genusse zu präpariren. Der ganze Zauber, den Madame ausströmte, der sie vor allen seinen bisherigen Frauen auszeichnete, war: sie hatte Rasse. Eine natürliche Waage regelte in ihr die Hingabe und die Zurückhaltung. Und was war Abel anderes als Rasse? Er sagte sich: wie ein Rassepferd muß sie auch behandelt werden! Immer war er des Glaubens, daß Pferde und Frauen viele Aehnlichkeiten haben. Das Pferd ist ohne Zweifel das edelste Thier, aber es bleibt zuletzt immer ein Thier ... und das zarteste, feinste und entzückendste aller Geschöpfe ist im innersten Grunde doch immer eine unvernünftige — Frau. Es steckt im Weibe unheimlich viel Instinkt und erschreckend wenig Logik.

Auch die Frau muß einen Herrn über sich fühlen, einen Zaum spüren: so wie sie die Schwäche des Mannes bemerkt, kennt ihr Trotz, ihr Eigenwille, ihre grundlose Verstocktheit keine Grenzen. Sie zittert vor Nervosität, sie ist ganz angefüllt mit Launen und Einbildungen. Scheut sie vor irgend einem unbekannten Wege, scheucht sie irgend eine unerklärliche, gründige Abneigung, so scheint es am besten, sie gleichgiltig vorbei zu lassen und abzulenken, denn jede Gewalt verhäkelt sie nur in ihre Hartnäckigkeit. Vor Allem aber sorge für volle Krippe

und täglichen Putz, wenn du ihrem jähen Abfall vor=
beugen willst!

Robert hatte erkannt, daß Frau Habanowitsch alias
Haba=Néra nicht so im Handumdrehen zu erringen war
wie Hetty Hart. Die grauäugige Blondine war viel zu
klug: durch vorsichtige Zurückhaltung sicherte sie sich
dauerndes Interesse. Der Mann soll die Frau, die Frau
den Mann eigentlich täglich neu erobern. Sein mußte
sie werden: er suchte nur nach dem kürzesten Wege, er
bestrebte sich, seine fiebernde Erregung durch Festigkeit des
Willens kühlend zu klären. Wie — wie waren die Lauf=
gräben zu ihrem Herzen zu legen? Robert hatte die
Gabe, den Menschen bis ins Herz zu sehen. Die
Menschen merkten das manchmal und haßten ihn wüthend,
denn nichts verfolgt sie so, wie das Bewußtsein, erkannt
zu sein. Die Stärke seiner Menschenkenntniß beruhte
darin, den Andern nicht nach seinen einzelnen Aeuße=
rungen zu beurtheilen, sondern in sein Inneres selbst
einzubringen, ihn als eine geistige Einheit zu fassen. Er
wußte, daß der wahre, wirkliche Mensch gewöhnlich das
Gegentheil dessen ist, was er scheint — daß seine innersten
Gefühle seinem äußeren Verhalten zumeist entgegen=
gesetzt sind. Der Weise giebt sich gern rauh — der
schwärmende Idealist ist zumeist ein schlauer Vortheils=
jäger. Jeder fast sucht sein wahres Ich zu verbergen,
heuchelt da Reichthum, wo er den Mangel am empfind=
lichsten fühlt — und das ganze Leben ist eine Mischung
von Wahrheit und Komödie, die nur der seelenkundige
Künstlerfürst durchschaut.

Bei diesem neuen Abenteuer hieß es klug vorgehen.
Es reizte ihn nur, weil es eine Aufgabe war, weil es
sich so ganz anders anließ als der letzte Ueberfall. Neben
der schweren, geistzermürbenden Arbeit seines neuen

Werks war es eine angenehme, ablenkende Turnübung, ein artiges Kunstfechten. Geschickte Waffenführung war hier Alles.... Schon darum war es nichts für Krickenbach!... Ihr galt es zu imponiren. Sichere Zurückhaltung war der beste Angriff.... Katholikin. Offizierstochter: war sie bei allem Hochmuth, allem Selbstbewußtsein nach unten zugleich an unbedingte Unterwerfung und Hingabe nach oben gewöhnt. Es galt also, sie ganz mit dem Bewußtsein ihrer Kleinheit anzufüllen. Bei dem mindesten Zucken der Schwäche drohte sie über den Strang zu schlagen. Sie mußte glauben, um i h n zu kämpfen.... Es gab nur einen Weg: zunächst gar nicht wiederzukommen. Sie mußte an sich irre werden und zweifeln, ob sie irgend welchen Eindruck auf ihn gemacht hätte. Sie mußte Alles thun, um sich ihm zu nähern.... Ah, wie freute er sich schon im Vorhinein auf dieses köstliche Spiel der Züge und Gegenzüge! Das war eine Partnerin, geschickt eine Parthie durchzuführen! Da war Feuer, Leben, Geist! Das war ein anderes Vergnügen als bei Frau Hetty Hart, die sich mit dem unverzögerten Siege der simpelsten Triebe begnügte. Freilich — diese war auch die Aeltere! Und um ein bedeutendes!... Da war kein Reiz, kein Stachel, nicht eine einzige neue Erfahrung über das Wechselspiel menschlicher Seelenwellen. Welch' köstliche neue Aufschlüsse, welch' intime Nuancen versprach er sich hingegen jetzt! Und solche Schüsseln allein belohnten doch den Künstler, den Feinschmecker der Liebe!

Hetty Hart... Hetty Habanowitsch... drolliges Gleichspiel der Namen, der Buchstaben, bei solcher Verschiedenheit der Charaktere! Lag darin irgend eine Bedeutung? Es lohnte der Mühe, darüber nachzugrübeln....

„Haba-Néra!" welche reizende Tollheit, einen solchen

Namen anzunehmen!... Und während er lächelnden Gesichts nach Hause eilte, um sich für den Rest des Tages in dem engen, wohl erwärmten Zimmer seines Hôtel garni zur schweißtreibenden Arbeit niederzusetzen, summte er die köstliche Weise vor sich hin:

„Die Liebe von Zigeunern stammt,
Fragt nach Ordnung nicht, Gesetz und Macht...."

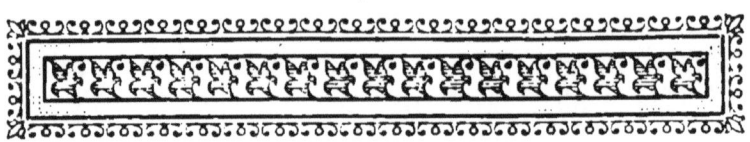

Drittes Kapitel.

Endlich hatte Robert das „geniale Weib" gefunden, diese weiße Hindin, nach der er seit so viel Jahren heiß verlangend pirschte. Das geniale Weib! die keckſten Träume seiner erwachenden Männlichkeit gaukelten ihm wieder durch den Sinn. Er hatte bisher immer nur die liebenswürdige Unbedeutendheit kennen gelernt, — im besten Falle die Grazie der Gemeinheit. Aber in diesem Weibe steckte mehr . . . mehr als es bei der ersten Zusammenkunft verrieth. Die besaß Geist, die wußte mit ihren Karten zu spielen, die stellte an den Anfang des Mahls jene köstlichen kleinen Platten mit Austern und Caviar, welche den Appetit reizen, welche saftstrotzende Braten, schmelzende Kompots, zerfließende Mehlspeisen zu verheißen scheinen. Mit einem solchen Weibe zusammenzuleben, Tag für Tag sich zu unterhalten, Umarmungen zu genießen, welche politische Enthüllungen sind, Neckereien, die Reitabenteuer umkleiden: das schien ihm der Gipfel der Seeligkeit. Die Erfahrungen einer Frau durchstöbern, welche die Liebe in vier Erdtheilen studirt hatte, die aus der spröden Winterlich= keit der Engländerin in die Juli=Gewitter der Kreolin

Drittes Kapitel.

überzugehen mußte und die Bedürfnisse ihres Herzens jeden Tag in eine andere Maske zu bergen verstand! Ein ganzjähriger Karneval der Liebe!

Er empfand schon heute fiebernde Sehnsucht nach jenen erträumten Wonnestunden, nach jenen göttlichen, unvermutheten Uebergängen aus den feinsten Schwelgereien des Geistes in die derbsten Lebenserschütterungen der Sinne, er sah die rohen Urmotive der Liebe geadelt durch die vielstimmige Harmonik des Geistes, durch den blendenden Wechsel des Lichts. Ein taumelwirkender Blutandrang nach dem Gehirn störte ihm jedes Denken — er hatte nur den Wunsch, sie zu sehen, ihre geschmeidige Gestalt zu umfassen, seine Finger durch ihr Lockenmeer zu steuern, ihr hellplätscherndes Lachen einzusaugen, ihren Erzählungen zu lauschen, die sie mit so anmuthiger Sicherheit herabrollte. In seiner Arbeit sah er plötzlich tobte Punkte, deren Ueberwindung reichliches Nachdenken erforderte, er fand seinen Fleiß in der kurzen Vergangenheit erstaunlich genug, um jetzt einige Tage der Muße fortzuwerfen, ein lautes Hämmern in seiner Brust sprengte ihm die Gedankenkette. Er fragte sich, ob sie sein Fortbleiben nicht doch als Ungezogenheit betrachten könne. Aber im Begriff zu ihr zu gehen, steifte er sich selbst: „Dableiben! Aushalten! ... Die paar Tage! ... Schäme dich!" ...

Doch dieses Warten verstimmte ihn. Er wurde ungeduldig, nervös, unangenehm. Der Morgenkaffee kam kalt auf sein Zimmer: er machte der Wirthin in heftigen Ausfällen ein Majestätsverbrechen. Er hunzte den Hausknecht herunter, weil er die Kleider schlecht gebürstet hätte, er behandelte Krickenbach mit herabsehender Ironie. „Richtig!" fragte ihn der, „wie war es denn gestern bei der Kleinen? Was sagen Sie?"

Er zog einen Mund. „Na ja — ganz nett!"

„Werden Sie ihr die Arbeit auffrischen helfen?"
„Na — wollen mal sehen!"
Fünf Tage blieb die Verbindung unterbrochen. Kein Brief kam — keine Meldung bei Krickenbach. Robert schäumte. Er zerbiß sich die Fingernägel, er beleidigte seine Bekannten durch nörgelnde Satire, er wurde heftig, sowie man ihm nur leise widersprach. Hatte er seine Kraft wirklich überschätzt? ... Endlich ein Brief — ihre Handschrift. Er grüßte den Briefträger wie einen Erlöser. Mit unsicherer Hand erbrach er den Umschlag. Eine Visitenkarte mit wenigen Zeilen — ein paar Ausschnitte aus dem „Figaro", anrüchiger Klatsch aus der Pariser guten Gesellschaft, die ihn als den Sittenmaler der heutigen Zeit, den Hogarth der Feder, interessiren würden. Das Postscriptum eine versteckte Anspielung auf sein Nichtworthalten: sie verstehe, daß er Besseres zu thun habe, als den Uebersetzungswirrwarr eines langweiligen Weibes durchzukämmen.

Sein Gesicht strahlte Triumph: der Haken hatte gefaßt! O diamantene Unfehlbarkeit seiner Taktik! Ein Wörth, dem das Sedan mit mathematischer Genauigkeit folgen mußte, wenn er den Erfolg richtig ausnutzte.

Und das wollte er. Am folgenden Tage ging er zu ihr, um sich für die freundliche Theilnahme zu bedanken.

Er fand sie am Fenster, vor dem Arbeitstisch, eine Brille auf der Nase ... eine Nachtjacke ausbessernd. Er lachte. Die häßliche alte, runde Brille bildete eine unwiderstehliche Gegenwirkung zu dem jungen, zarten, lockenumrahmten Gesicht. „Ich kann Mama doch nicht alle Arbeit aufpacken!" sagte sie. ‚Welch reizende Schauspielerin! dachte er sich. Sie will mir die Rolle des Hausmütterchens vorführen.' „Haben Sie sich diese häuslichen Talente in Kanada erworben oder in Egypten?" fragte

Drittes Kapitel.

er. Sie zog das Kinn herunter und sagte mit sehr ernster Miene: „Im Kloster, mein Herr! Was glauben Sie denn? Wir mußten uns dort alle unsere Sachen selbst ausbessern. Wir mußten Alles lernen: stricken, kochen, backen, schneiden — und ich war in fast Allem die Erste."

„O und ich dachte, die Hauptbeschäftigung der jungen Klosterschülerinnen wäre die Lektüre von Paul de Kock...."

„Wollen Sie glauben, daß ich noch nie den Namen gehört habe?"

„Wirklich? Ich bedaure nur, daß Sie von diesen so mühevoll erworbenen Talenten späterhin so wenig Gebrauch zu machen Gelegenheit hatten."

Sie ärgerte sich über seinen spöttischen Ton, den er mit vollem Bewußtsein anschlug, sagte achselzuckend, nicht ohne Verlegenheit: „Ja — mein Herr Gemahl ..." und nähte auf Mord weiter.

„Aber nun lassen Sie schon den unheimlichen Fleiß ... bei Nacht sind alle Jacken ganz ... und widmen Sie sich mir!" Er wollte ihr die Arbeit wegziehen. Sie hielt sie fest: „Nur noch ein paar Stiche!" Ihre Finger huschten wie besessen hin und her, es war unmöglich ernsthafte Arbeit, dann warf sie die weiße Fahne bei Seite, schob die Brille in die Ecke, walzte lachend und vor seiner Annäherung flüchtend zum Schreibtisch, holte ihren Bogen, und im nächsten Augenblick versanken sie wieder in hoher Politik und orientalischer Frage.

Von wirklicher Arbeit, so wie er sie verstand, war natürlich keine Rede. Die Briefe waren ihm nur das Thor, um in die Stadt seiner Eroberung einzuziehen: die Kriegskosten mochte Krickenbach bezahlen. Bei jedem Satze, jedem Worte trieb er seine Scherze und erweckte ein breites Gelächter, bis sie scheinbar böse wurde und sie beide mit einem von erwartenden Seitenblicken begleiteten „Aber wir

wollen doch arbeiten, Herr Schneider!" unterbrach. Er
saß auf dem Sopha, das Manuskript vor sich, in dem
er strich und verbesserte — sie stand neben ihm und blickte
gespannt über seine Schulter, er aber schielte mehr nach
ihrem Halse und den feinen Haarwickelchen, die sich dort
gleich goldenen Uhrfedern aufdrehten ... er hätte ihn
für sein Leben geküßt, diesen weißen, biegsamen Hals ...
die Schläfen wurden ihm heiß ... und als sie sich ernst-
lich böse zeigte, rollte er alle die Blätter einfach zusammen, sagte: „So wird das doch nichts; Sie passen ja
nicht auf!" und steckte sie in die Tasche, um das Manuskript zu Hause druckfertig zu machen: wie er sah, die
Mühe von drei ernsthaften Arbeitsstunden.

Wenn sie plauderten, so saß sie ihm gegenüber in
einem abgenutzten Schaukelstuhl aus Rohr, zurückhaltend
und bei mancher freieren Anspielung die Stirn runzelnd.
Aber aus den Seitenblicken, die, während er sprach,
gleichsam heimliche Liebestränke ihm unter die Haut zu
spritzen schienen, die sich verstohlen forschend in sein
Inneres gruben, aus ihren runden, breit gezogenen, be-
friedigten Mundwinkeln merkte er seinen Triumph, den
ihm Niemand mehr entreißen konnte. Doch zwischen der
Niederlage und der Ergebung ist bei Frauen von Welt
noch ein weiter Weg. Sie mußte in der Absicht, seinen
letzten Sturm zu erzwingen, so weit herangelockt werden,
daß ihr in der entscheidenden Minute der Rückzug verlegt war.

Je lebhafteres Interesse sie, bei aller Haltung, für
ihn ungescheut an den Tag legte, desto kühler gab er sich,
denn er kalkulirte: sie ist verwöhnt, sie hat die feinsten
Erkünstelungen der Pariser Galanterie, die schmelzendsten
Konfekte der Höflichkeit durchgekostet — du hast weder
die Zeit, noch die Mittel, noch die Gabe mit überzucker-

Drittes Kapitel.

ten Veilchen und Kohlkopfsdüften aufzuwarten, du kannst nur durch jene gröbste Beleidigung wirken, welche die feinste Schmeichelei ist: durch eine kühle Sprödigkeit, welche unter dem Feuer ihrer Augen langsam zu verschmelzen scheint. Sie glaube, ihr sei gelungen, was noch keiner vor ihr. — Es war klar, daß eine Frau von ihrer Vergangenheit sich in Leipzig zum Umkommen langweilen mußte — und die Langeweile ist die Pathin der Liebe. Es lag ihm gar nichts an einem schnellen Siege, denn die Länge der Belagerung erhöhte ihren Reiz, er erfand sich selbst Schwierigkeiten, um das Vergnügen ihrer Ueberwindung zu genießen; er fürchtete, ohne es sich klar einzugestehen, auf der Höhe seines Erfolges die schönsten Flammen seines Triumphgefühls verlöschen zu sehen. Das war seine geheime Furcht, die ihm alle Wünsche versengte, alle Becher vergiftete. Nur der Kampf freute ihn — die Nutznießung des Sieges überließ er voll Ueberdruß Anderen. So war er immer und überall, und wenn ihm Freunde zu seinen Erfolgen gratulirten, ihm glänzende Zukünfte vorgaukelten, pflegte er kopfschüttelnd zu sagen: „Ihr täuscht Euch, ich bin ein Säemann, kein Schnitter. Ego non mihi!"

Die Arbeit für Hetty hatte er vollendet. Beim Durcheggen der einzelnen Briefe waren ihm neue Zweifel an der Echtheit aufgestiegen. Aber was ging's ihn an, wenn Krickenbach sich bloßstellte? Wenn ihre Briefe falsch waren, so waren doch ihre Locken echt. Sie mochte ihren Verleger belügen, wenn sie nur ihrem Mitarbeiter treu war!

Sie bildete in der That eine Ausnahme ihres ganzen Geschlechts. So oft er kam — stets hatte sie etwas Neues für ihn und jedes Mal mußte sie das Interesse noch zu steigern. Die neue Scheherezade! Endlos schien die Zahl ihrer Abenteuer zu Wasser und zu Lande. Bald war sie von Southampton nach Japan auf einem Schiff, dessen Kapitän unterwegs wahnsinnig wurde und den Kurs über den Südpol nehmen wollte. Auf der Tour nach New-York hatte schwerer Sturm sie bis Spitzbergen verschlagen: das Trinkwasser war unterwegs ausgegangen und man konnte den Durst nur mit Champagner stillen. In Konstantinopel hatte man sie mit Gewalt in den Harem eines türkischen Würdenträgers stecken wollen, in Irland war sie die Vertraute des vergötterten Führers der Unabhängigkeitsverschwörung gewesen und als seine Gesandtin hatte sie in verschwiegenen Grabgewölben New-Yorks den heimlichen Sitzungen der vermummten Fenier beigewohnt. Unter Kanonendonner, wie eine Prinzessin, war sie geboren, im Felde, in das die Mutter zu ihrem Gatten geeilt war, als er im Lazareth verwundet niederlag. Sie wußte, welchen Offizier jede Prinzessin des Landes auszeichnete, sie war die lebendige Chronik aller Hofintriguen. Wenn irgendwo eine dicke Majorsgattin mütterliche Gefühle zu dem gesunden Burschen gehegt hatte: sie wußte darum; sie kannte die Töchter des Hauptmanns, welche die väterliche Ordonnanz zum Korsettschnüren befahlen. Sie wußte im Klatsch der Londoner Gesellschaft so gut Bescheid wie im Tratsch der Pariser, und berichtete von jener liebeglühenden Lady, welche sich der stürmischen Werbung des Freundes ihres Gatten nicht weiter als bis zum Billardzimmer erwehren konnte. Sie führte die zartesten und anmuthigsten Bilder der französischen Klostererziehung vor Augen, und erzählte mit flammenden Blicken von den Wettritten, in denen sie mit ihren englischen Freundinnen, lauter hochbenannten Offizierstöchtern, über die grünrasigen Downs von Sussex so oft dahingestürmt war. Sie bekannte ohne Scheu ihre Beziehungen zu Dumesnil, dem vielgenannten früheren französischen Ministerpräsidenten, dessen zurückhaltender ungallischer Ernst ihm den Namen „der Feierliche" eingetragen. Sie gestand freimüthig, daß nur der Ehrgeiz, eine Rolle zu spielen, nicht die Leidenschaft sie in seine Arme geführt. Sie schilderte, wie der sittenstrenge, fromme Staatsmann mitten in der ersten Nacht, die er in ihren Armen verweilte, zur nahen Nôtre-Dame-Kirche flüchtete, sie vom Küster öffnen ließ und am Altar der Jungfrau Verzeihung seines Verbrechens erflehte. Sie plauderte von den Kammerreden aus, die sie für ihn aufgesetzt und die er später abgelesen. Sie erzählte von dem Ausflug nach Blois, den Beide einmal unternommen, um einen Tag ungestört allein zu sein, vom Uebereifer des Sekretärs, der heimlich an den Maire telegraphirte, von dem feierlichen Empfang durch die Spitzen der Stadtbehörden, die sie bei der Ankunft am Bahnhof zu ihrem Entsetzen erwarteten. . . .

Es waren nicht einmal die Geschichten selbst, was ihn so sehr anzog — es war ihr reizender Ton der Zurückhaltung, mit dem sie alle Leichtfertigkeit einschlug: zugleich stolz auf ihre Erfahrung und um Entschuldigung für sie bittend. Sie schien Nichts zu bereuen, denn sie hatte sich als gute Katholikin stets rechtzeitige Vergebung besorgt und war nun beruhigt, ihre Erinnerungen verschleißen und beim Ausgeben sich ihrer noch einmal erfreuen zu dürfen. Sie erzählte mit solchem Maßhalten, solcher Anmuth, daß Robert im Zuhören nicht ermüden konnte, und der Reiz ihres Ausdrucks ließ keinen Zweifel an der Wahrheit der persönlichen Sammlung aller Anekdoten, keinen Versuch der Nachprüfung aufkommen.

Ihr Ton schlug nur in erregte Schärfe um, sobald sie von ihrem früheren Manne sprach. Sie schürfte dann nach kränkenden und beschimpfenden Ausdrücken. Robert begriff diese Stimmung, er versetzte sich in die Lage eines durch Versprechungen getäuschten Weibes, das sich plötzlich aus der großen Welt in enges Kleinbürgerthum verpflanzt sah, Zug um Zug ausgeplündert, zurückgestoßen, mißhandelt, verachtet, beleidigt, verlassen, der Mittel beraubt, sich wieder in die gewohnten Kreise zu erheben, zum Verweilen in einer dumpfen Stickluft gezwungen. Sie mußte das schmeichelnde Trugbild bürgerlicher Häuslichkeit bespötteln, sie war zu viel Weib, um sich eigenen Irrthum einzugestehen, um nicht alle Schuld auf den schiffbrüchigen Locker zu laden. Er suchte sich damit zugleich über den Kontrast zwischen ihren Weltmissionen von einst und ihrer jetzigen Aermlichkeit in Wohnung und Lebensweise wegzuschwingen: die verfehlte Ehe war der Bruch in ihrem Leben, über den ihre gestutzte Energie nicht hinwegkam — und er war überzeugt, sich ihren ewigen Dank, ihre unauslöschliche Zuneigung zu sichern, wenn er mit seiner ungebrochenen Jünglingskraft ihr über ihn hinweghalf.

Nichts bewunderte er so sehr wie die Gewandtheit, mit der sie ihre außerordentliche Weltlichkeit und ihre Frömmigkeit vereinigte. Sie besuchte jeden Sonntag die Kirche, sie ging zur Messe, zur Beichte, sie hätte sich die geringste Abweichung von den Vorschriften nie vergeben. Sie schien zu glauben, daß alle weltlichen Sünden erlaubt seien, wenn sie nachher nur stets bekannt würden, und hing mit brünstiger Innigkeit an einer Religion, welche so galant war, einer schwachen Frau jede Verantwortlichkeit für ihre Vergeßlichkeiten abzunehmen. Sie stellte sich ihren Erlöser offenbar als einen liebenswürdigen Kavalier vor. Robert, vom Hauch des modernen Geistes bis in den innersten Nebenwinkel eingestäubt, im jahrelangen methodischen Training der Wissenschaft er-

Drittes Kapitel.

zogen, ließ sich in diesem einzigen Punkte von der Verliebtheit keine Rosenbrille aufsetzen — er verhehlte sich nicht, wie es mit Hetty stand, die den feinsten und gebildetsten Kreisen entsprossen, doch von der wahren Welt des neunzehnten Jahrhunderts kaum ein Lüftchen verspürt hatte, und der die Namen eines Herder, Goethe oder Darwin höchstens gefährliche Ketzer bezeichneten, an denen jeder gute Mensch nur mit abgewandtem Haupt und vorgehaltenem Taschentuch vorübergehen dürfte, und es machte ihm unendliches Vergnügen, gelegentlich, wenn sie ihre Ansichten über Natur und Leben zum Besten gab, ihr kleine, in die Form scherzender Spitzen gekleidete Dosen freigeistigen Ketzerthums, höllischen Zweifels in die Adern zu spritzen. Im Uebrigen folgte er streng seinem Grundsatz, sich nie in das Glaubensleben Anderer zu mischen, um sich nicht selbst die Möglichkeit zu rauben, die Schönheit in allen Konfessionen sein eigen zu nennen. „Glaube was Du willst, liebe mich allein und hoffe auf Nichts!" war die dreifaltige Vorschrift, die er an seine Geliebte richtete. Und eine bessere Bundesgenossin als Hetty's Rechtgläubigkeit konnte er sich ja gar nicht wünschen.

Um ihre geringen Einkünfte zu unterstützen, übersetzte sie für Leipziger Blätter interessante Nachrichten und Geschichten aus dem Englischen und Französischen, und sandte Berichte über Mode, Hauswirthschaft und andere für Frauen wichtige Dinge ein. Auch auf den Ocean der europäischen Politik wagte sie sich und revoltirte das bulgarische Volk, ließ England und Rußland in Pamir zusammenstoßen und stellte französische Ministerlisten auf. Glücklicherweise kümmerten sich weder das Parlament in London, noch der Zar, noch der Präsident von Frankreich, ja nicht einmal die Bulgaren um die Vorschriften, die ihnen der „Pleißebote" machte. Die Leipziger Spießbürger aber verschlangen alle diese in unendliches Wortgepränge gefaßten Ausströmungen ihres Leibblattes wie Offenbarungen.

Der Redacteur des „Pleißeboten" war ein gewisser Doctor Niedermeyer — der Typus eines bestimmten Theils der Sachsen und der Leipziger insbesondere. Unter der ewig grinsenden Maske der biederen Gefälligkeit verbarg er die Eigenschaften maßloser Habgier, Neugier, Rachgier. Sein Gott war die Doppelkrone, für einen Tausendmarkschein brächte er seinen Vater an den Galgen. Kein Weg zum Geldhaufen war ihm zu schmutzig, während er den Untergebenen auch den verdientesten Lohn zu kürzen und zu beschneiden suchte. Dadurch sicherte er sich die dauernde Gunst seines Verlegers. Unter dem Lächeln gleißenden Wohlwollens suchte er Jeden ausforschen, theilnahmsvoll ihm alle Geheimnisse herauszufragen, um sie zu seinem Nutzen zu verwerthen, um den Anderen nach seinen Absichten zu zwingen und, wenn er sich weigerte, mit Bloßstellung zu drohen. „Ruhe", „Ordnung", „Gemüthlichkeit" waren die Worte, die er unablässig im Munde führte. Die hohe Obrigkeit mußte für Alles sorgen, der leiseste Tadel gegen sie war Todesverbrechen. Mit seiner ruhigen Gemüthlichkeit würgte er Jeden kalt, der schwächer als er war. Wer sich erdreistete andere Ansichten zu haben als er, war sein Todfeind, und er suchte ihn zu vernichten, indem er seine bürgerliche Existenz untergrub. Gegen denselben Mann, dem er eben mit dem höflichsten Lächeln die Hand drückte, schrieb er in der nächsten Minute anonyme Briefe an alle seine Freunde, ihn der himmelschreiendsten Thaten bezichtigend. Er verlieh Geld zu den höchsten Prozenten, er schwor einigen alten reichen Jungfern ewige Liebe und versprach jeder die Heirath, im Ton tiefster Bekümmerniß verbreitete er über seine Nächsten die elendigsten Verläumdungen. Wer

Drittes Kapitel.

ein Geschäft mit ihm vor hatte, war von vornherein übervortheilt, während er sich stellte, als ob er dem Andern etwas schenke. Vor der Regierung und dem Herscherhause kroch er auf allen Vieren, zu manchem dynastischen oder patriotischen Gedenktage schrieb er ellenlange Artikel voll blühenden Schwulstes, er veröffentlichte lange Biographien von prinzlichen Kindern, welche noch Kniehosen trugen; aus ernsten wissenschaftlichen Werken machte er oberflächliche und werthlose Compilationen, die er den regierenden Fürstlichkeiten der Reihe nach widmete und die ihm jedes Jahr seinen Weihnachtsorden eintrugen. Nach außen troff er von Frömmigkeit und Wohlanständigkeit, in der Zeitung gestattete er kein Ding beim rechten Namen zu nennen und unterdrückte auch die leiseste Anspielung auf irgendwelche Mißstände in der Stadt — dafür entschädigte er sich heimlich in schlechten Häusern an den niedrigen Späßen verrohter Weiber. Das Beste an ihm war, daß er gut Klavier spielte und über musikalische Dinge nicht ohne Verständniß zu reden wußte — nur zu reden; denn jede Zeile, die er schrieb, klaffte von Trockenheit und Langerweile.

Eines Tages hatte Hetty mit ihm ein Gespräch über die Liebe gehabt, wie sie später Robert erzählte. „Liebe? Quatsch mit Sauce!" hatte er kurzweg in seinem schläfrigen Singsang verfügt. „Ich bin sieben Jahre verheirathet gewäsen, hatte drei Kinder mit meiner Frau, und habe von der sogenannten Liebe noch nie was gespürt." Nichtsdestoweniger wollte Hetty bemerkt haben, daß er ihr verdächtige Augen mache, sowie sie auf die Redaktion käme, daß er stets scheinbar unwillkürlich versuche, ihren Arm zu drücken, die Taille zu umspannen, sie unters Kinn zu fassen und sie überhaupt zu streifen und zu berühren. Robert war empört: „Sollte er sich die geringste

Frechheit erlauben," rief er, „so sagen Sie es mir nur, und ich gebe dem Philister einen gehörigen Denkzettel!" Hetty lächelte und bat ihn dankend, den Thoren ja nicht ernst zu nehmen.

Er fühlte sich so behaglich in dieser kleinen Plauderstunde, so bei sich zu Hause, daß bisweilen der Wunsch in ihm auftauchte, sie möchten sich gar nicht ändern, ihre Beziehungen möchten nie engere, nie losere werden. Er freute sich des behaglichen Flimmerlichts des gelbweißen, feinstaubigen Sonnenstrahls der Freundschaft, er träumte von einer sicheren, aufregungsfreien, echten Gemüthlichkeit. Es war ihm wie ein freudiger Triumph, wenn sie beide, sich an der gegenseitigen Neckerei leise erwärmend, dem Schnee, dem Sturm Schabernack spielten, die draußen den Winterschluß mit verdoppelter Heftigkeit verhindern wollten — wenn sie einander so gegenüber saßen: er in ihr reizendes, frisches Gesicht blickend, dem Niemand ihre Odysseen geglaubt hätte, sie mit wahrer Andacht seinen Bemerkungen lauschend und sich nur manchmal, bei einer besonders kühnen Offenheit, mit dem Schein der Empörung abwendend, um gleich wieder die Ohren zu spitzen. Nur gelegentlich bekam er die Mutter zu Gesicht, eine hohe, schlanke Gestalt, mit fein gemodelten, ernsten Zügen, aus denen eine reiche Kenntniß der Welt sprach. Ihr noch ganz schwarzes, einfach gescheiteltes Haar hielt die letzten Reste ihrer Jugend zusammen, ihr Anzug von älterem Schnitt, in dunkleren Farben diskret zusammengestellt, verkündete die Zurückhaltung der Offiziersfrau. Sie hatte ihre Freude bezeugt, ihn kennen zu lernen. „Meine Tochter schwärmt sehr von Ihnen und Ihrem Buche," sagte sie. „Es ist zu liebenswürdig von Ihnen, sich ihrer jetzt ein wenig anzunehmen. Glauben Sie denn, daß sie schriftstellerisches Talent hat?" Als Robert natürlich be=

Drittes Kapitel.

jahte, erzählte sie, daß Hetty von einigen Zeitungen in der Provinz, die sie nannte, Aufforderungen erhalten habe. Robert wiederrieth ihr jedoch, für diese zu schreiben, da sie zu schlecht bezahlten. In gelegentlichen Gesprächen erwähnte sie ihres verstorbenen Gemahls, des Prinzen, des Krieges, der Reisen ihrer Tochter — und diese vom Tisch gefallenen Aeußerungen überzeugten Robert von der wörtlichen Wahrheit aller Erzählungen Hettys. Sie bereitete aus Eiern, Rum, Zucker, Gewürz und allerlei Zuthaten ein steifes, gelbes Getränk, das vortrefflich schmeckte und wärmte. Seit seinem letzten Aufenthalt in Italien, wo man es unter dem Namen Zappajone schänkt, hatte er es so köstlich nicht getrunken. Oft wenn Hetty und Robert im besten Feuer standen, klopfte die Mutter an die Thür und reichte ihrer hineilenden Tochter das Gebräu herein, den kaum zum Vorschein kommenden Kopf diskret gleich wieder zurückziehend. Die tägliche Lebensweise der beiden Frauen schien höchst einfach, aus manchen Andeutungen entnahm Robert, daß sie nicht einmal alle Tage Fleisch zu Tisch hatten, sondern sich mit Suppen und Gemüsen begnügten. Um so mehr gefiel ihm, wie sie den Schein leiblichen Wohlergehens und die Pflichten der Gastlichkeit aufrecht erhielten.

Es wurde ihm schwer an sich zu halten und Hetty nicht bei jeder Gelegenheit um den Hals zu fallen. Aber er hatte sein System, und wenn er sich ein Weib gewann, wollte er auch Herr sein. Er behandelte sie nicht zurückstoßend — das verletzt die Frauen — er blieb immer liebenswürdiger Kavalier. Aber er betrachtete — in seinem Verhalten gegen sie — ihre Erscheinung, ihre Erzählungen, ihre Schmeicheleien nicht als etwas Außerordentliches, er schien an noch schönere Frauen, an noch interessantere, an noch entgegenkommendere reich gewöhnt — nicht mit klaren Worten, aber durch sein Verhalten, durch gelegentliche Bemerkungen deutete er an, wie sehr er in Berlin von den Frauen verwöhnt sei. Er stieß sie nicht ab, doch er warb auch nicht um sie: er that, als gehöre sie ihm schon längst, als habe er gar nicht nöthig, sich ihres Besitzes zu vergewissern. Er fühlte und gab sich bei ihr wie zu Hause, bei kleinen Ausgängen benahm er sich ganz mit der erschlaffenden Pflicht des Gatten. Nichts wirkt so hypnotisirend auf die Frauen wie die Sicherheit des Mannes. Sie muß man behandeln wie man die Franzosen behandeln muß: Rohheit verletzt sie, Unterwürfigkeit reizt sie uns für Schwächlinge zu halten — eine liebenswürdig mittelwarme Gleichgiltigkeit, die ihnen keine Vorrechte läßt, giebt ihnen Achtung vor unserer Kraft. Wenn sich Hetty oft über die leise Ironie ärgerte, die Robert für alle ihre Erzählungen und Künste hatte, so war sie doch stolz darauf, sich einen Mann zu erobern, der mit kleinen Fallen nicht zu fangen war, und sie rückte bei jedem Besuche ihren Schaukelstuhl näher an seinen ständigen Platz auf dem Sopha, bis sich eines Tages kein haarbreit Raum dazwischen fand. Aus dem leise lächelnden Zucken um ihre Lippen las er deutlich genug seine Aufforderung, und er wäre ihrem Spott anheimgefallen, hätte er sich jetzt nicht mit dem ersten Sturm der Außenwerke der begehrten Festung bemächtigt. Er zog die Eidechse an sich und küßte sie. Ihr Sträuben, Wehren, Zerren, ihre Entrüstung war nutzlos und gar nicht ernsthaft, denn wie hätte sie ihm sonst immer das Gesicht zugewandt, indem sie sich von ihm loszumachen suchte?

Viertes Kapitel.

Er hatte sich also wie durch einen Vorvertrag den Besitz der reizenden Frau gesichert — und jeder Tag, um den er den Besitzantritt nun hinausschieben konnte, war Gewinn. Denn er hatte eine fast ängstliche Scheu vor der Wirklichkeit, vor der Erfüllung seiner Ideale, weil er zu gut wußte, daß sie ganz so, wie er es begehrte, doch nie erfüllt wurden. Welch' anmuthigere Stimmungen konnte er sich schließlich verschaffen, als diese entzückenden häuslichen Stunden am warmen Ofen, diese Wechselschauer von Scherzen und Küssen, dieses Vogelgeplauder, bei dem Einer dem Anderen das Wort aus den Lippen stahl und der zierliche Tanz der Geister beständig neue Stellungen zusammenführte? Oder, als ruhigeres Wetter eintrat, diese intimen Spaziergänge, er an ihrer Seite sich ganz wie ihr Gatte fühlend, beide im ruhigsten Tone persönliche Angelegenheiten, die Aussichten ihrer Thätigkeit besprechend, von häuslichen Dingen redend, von der Wirthschaft, von Einkäufen und den besten Stellen dafür. — Alles dies so einfach, nebensächlich und klein, und doch ihm, dem heimatlosen Zigeuner, der er im Grunde war, das prickelnde Gefühl der Poesie eines anderen Lebens, die Freude einer behaglichen, bürgerlichen Existenz leihend. Er genoß die Ergötzungen eines geistigen Doppellebens, er konnte sich durch den bloßen Wunsch aus dem einen ins andere versetzen, und indem diese zweite Existenz nur ein Schein war, blieb er von all den Mißhelligkeiten, Niedrigkeiten, Kämpfen ihrer Wirklichkeit befreit. Es verlangte ihn heiß und stürmisch nach dem vollgültigen Besitz dieser entzückenden blonden Frau, an deren Brust tausend neue Wonnen der Erlösung harren mußten, deren verklärtes Lächeln so unendliche Versprechungen gab, er sehnte sich nach einer beständigen Vereinigung mit ihr — und gleichzeitig zitterte er vor jeder Veränderung seines Zustands, denn er wußte, daß keine Wirklichkeit das zart abgetönte Flimmern seiner Phantasie erreichen konnte, daß das Leben mit seinen tausend kleinen und großen Stößen nicht eine Stunde des ungetrübten Genusses gestattete. Was er sich einbildete, sollte in derselben Stärke Wirklichkeit werden — oder ewig Einbildung bleiben. — —

Eines Tages erzählte sie ihm mit sehr bestürzter Miene: „Heut Morgen war ich in der Redaktion des ‚Pleißeboten'. Niedermayer wie gewöhnlich furchtbar liebenswürdig, furchtbar süß — auf einmal fängt er an: ‚Sagen Sie 'mal, gnädige Frau, was ist das eigentlich? Ich habe Sie da schon ein paar Mal mit diesem Kerl gehen sehen, diesem Robert Schneider. Sie wissen in Ihrer Harmlosigkeit jedenfalls gar nicht wer das ist. Ich warne Sie vor dem Menschen, und zwar aufs Dringendste. Ein ganz gefährliches Subjekt, unsittlich durch und durch, ein Feind des Herrscherhauses, der Ordnung; ein Mensch, der Alles Bestehende über den Haufen werfen und sogar die freie Liebe einführen will. Ein Revolutionär ärgster

Viertes Kapitel.

Sorte, der allen Schmutz des Daseins aufwühlt. Kompromittiren Sie sich ja nicht durch den Umgang mit diesem Menschen, zeigen Sie sich nicht öffentlich mit ihm — wenn Sie irgend welchen Werth auf die Zugehörigkeit zur Fahne der guten Gesinnung legen, wie sie der ‚Pleißebote‘ hochhält.‘ Darauf wollte er mich in die Backen kneifen, ich wich ihm aus, dankte ganz ernsthaft und ging. Unten bekam ich natürlich Lachkrämpfe. Was würde das Scheusal wohl d'rum geben, dürfte es Ihre Stelle einnehmen! Wie würde es zu meinen Füßen die freie Liebe vertheidigen!"

Robert war ernst geworden, er durchschaute mit einem Blick die ganze Niederträchtigkeit dieses Biedermannes, die Hetty vorläufig noch verborgen blieb. Die Weiber sind doch wirklich schlimm d'ran! dachte er und sagte: „Wenn der Schurke Nichts mehr von Ihnen druckt, um Sie zu zwingen, sich von mir loszusagen, dann berichten Sie mir's nur; ich habe glänzende Verbindungen genug, um jede Zeile von Ihnen ans Licht zu bringen!"

„Was denken Sie denn von mir?" erwiderte sie. „Dieser langweilige, ekelhafte Kerl!" Sein Versprechen, bei dem er freilich ein klein wenig aufgeschnitten, empfing sie mit flammenden Augen, stolz auf einen solchen Freund. Er aber fühlte von diesem Augenblicke an, da die Welt sich in ihre Beziehungen zu mischen begann, die natürliche Verpflichtung in sich, ganz für Hetty zu sorgen, ihr jede Bekümmerniß abzunehmen, sie ganz als sein Geschöpf zu betrachten: er fühlte die Nothwendigkeit, das glühende Verlangen, sie ganz sein eigen zu nennen — alle Rechte an sich zu reißen, um das Recht aller Pflichten zu erwerben.

Schon irrten leise wärmende Ströme einer begünstigten Jahreszeit durch die Luft und trafen die Wange des

Wanderers, der dann verwundert ob des unerklärlichen Schauers umherblickte, mitten in den Winter hinein. In der Stadt lag kein Schnee mehr, nur draußen in Parks und Wäldern überzuckerte er noch Aeste und Zweige. Ein lustiges Zucken brach oft aus den Menschen hervor, eine unbegründete, augenblickliche Freude, ein minutenlanges Behagen am Dasein, der dunkle Traum einer Möglichkeit seiner Besserung. Wie jubelte Hetty auf, als er sie des Sonntags zu einem Spaziergange ins Freie abholte. „Man ist froh, wenn man aus seiner täglichen Langweile 'mal hinauskommt," sagte sie. Gleich allen in Kultur verzärtelten Menschen schwärmte sie leidenschaftlich für die Natur, und jedes selbstgepflückte Blümchen bereitete ihr mehr Vergnügen als ein Wagenrad mit Spitzenmanschette.

In dem weiten Waldpark lag noch überall der Schnee, aber bequeme Gänge waren bis hinaus nach Connewitz gebahnt. In langen weißen Wällen drückten sich die himmlischen Ausschüttungen seitlich, dann zu enblosen, gleichfarbigen Teppichen auseinanderfließend, deren stumpfkalte Gleichgiltigkeit von Millionen winziger Eiskrystalle, die gegen die Sonne stritten, den glitzernden Schein freudigen Lebens borgte. Die Glieder der Bäume entlang, bis an die äußersten Fühlhörner, saß es voll feiner Federmassen, voll gebrechlicher Hermelinpelzhärchen, die bei dem leisesten Stoß auflogen, wie Wintermücken in der Luft spielten und in alle Winde davonstoben. Die Sonne schien mit starrem Golde herunter, wie eine festgeprägte Münze hing sie am Nachmittagshimmel, ihr fehlte der Duft, das Wallende, sich Auflösende, aber ihre Strahlen waren hart und entschlossen. „Wenn ich auch noch nicht das Leben warm schaffen kann, so will ich euch wenigstens den Tag verschönern," schien sie zu sagen. „Hoffet auf mich, denn mein ist die Zukunft!"

Viertes Kapitel.

Die Menschen gingen zahlreich hin und her; mit Pelzen und Mänteln die Körper sorgsam schützend, ließen sie die lange eingepferchten Seelen ausdampfen und mit junger Luft durchziehen. Ein bescheidnes Lächeln auf den verhuzzelten Gesichtern verrieth, wie gut den muffigen und stockigen Gemüthern die Lüftung bekam. Aber um jedes Auge glaubte Robert etwas fragendes, verlangendes, erwartendes zu sehen, und wenn es auch bei Vielen nur Neugier war, ob jetzt endlich gutes Wetter bleiben würde — einen Wunsch schien auch der Sauertöpfischeste zu haben, und Robert hätte sich auf den kleinen Hügel inmitten des Feldes draußen hinstellen mögen, um ihnen zuzuschreien: „Hoffet auf mich, denn mein ist die Zukunft." Hettys Liebe, ihrer völligen Hingabe, ihres gläubigen Vertrauens sicher, fühlte er sich stark genug zu Allem. Er liebte es, sich selbst Zweifel zu machen, aber er konnte es sich nicht länger verhehlen: es kam nur auf ihn an, sie ganz sein zu sehen. Sie würde ihm folgen bis ans Weltende. Er mußte die Probe machen — zur Aufklärung über seine eigene Stärke. Er mußte wissen, ob er sich Alles zutrauen konnte. Er wollte aus ihrem Besitz die Kraft zu den gewaltigen Schöpfungen nehmen, mit denen er die Menschheit von dem Druck erlöste, der auf ihnen lastete, mit denen er ihnen die Freude an sich selbst wiedergab, die Kraft des Schaffens, den goldenen Leichtsinn das Leben zu genießen und zu verlachen. Das war seine Mission — und für diese Mission mußte er Hetty opfern. Die Göttin, die er verehren wollte, der er als der Quelle seiner Kraft einen Altar errichten wollte, mußte er erst besitzen. Sie war das Sinnbild seiner Kraft, seiner Freiheit.

„Sie haben mir so viel von Ihren Abenteuern erzählt," sagte er, „und mit einer Offenheit, für die ich Ihnen dankbar bin. Sie haben mit bewunderungswürdigem

Scharfsinn erkannt, daß in den Augen eines vernünftigen Mannes, wie ich es bin, die Fülle der Erinnerungen eine Frau nicht verächtlich macht — so denken nur Philister — sondern interessant. Sie haben mir von Verbindungen aus Ehrgeiz, aus Berechnung, ja sogar aus Thorheit gesprochen. Warum aber verschweigen sie mir hartnäckig eine Liaison aus Liebe?"

Sie lächelte mit ihrer gewöhnlichen Klosterverklärung, dieser sanften milden Demuth. „Wer sagt Ihnen denn, daß ich an die Liebe glaube?"

Er fuhr zurück. „Vielleicht ist das, was ich unter Liebe verstehe, viel zu hoch, um es mit profanen irdischen Beziehungen zu verbinden, die doch immer etwas frivoles an sich tragen — und seien sie noch so vornehm, noch so geistig. Doch nein — ich will mich nicht besser machen, als ich bin. Daß es eine irdische Liebe giebt, glaube ich so gut wie Sie, der sie so glühend schildert. Aber ich würde nur glauben zu lieben, wenn ich etwas fühlte, was mich über die ganze Welt erhöbe, was mich vergessen ließe, daß ich Weib unter Menschen bin. Ich müßte beim Eintritt in das Zimmer meines Geliebten dasselbe fühlen, was ich beim Eintritt in die Kirche fühle, sein Begrüßungskuß müßte auf mich wie Weihwasser wirken, ich müßte mit starren Gliedern in den Himmel hinein zu fliegen glauben, und wenn ich ihm zu Liebe mordete, müßte ich die Absolution empfangen haben, bevor ich zum Revolver griffe. Eine Leidenschaft, die mich den Priester nicht vergessen macht, — nein, solche Dinge soll man nicht mit dem Worte Liebe entweihen! Im Kloster lehrte man uns den Heiland als den Geliebten zu erwarten — fragen Sie sich, ob mein Geliebter mir weniger als mein Heiland sein kann? Was ich früher that, waren Sünden, das weiß ich — mein altes Leben ist abgeschlossen, und ich werde in

Viertes Kapitel.

dem neuen nichts thun, was ich als Sünde zu beichten gezwungen bin. ... Sie sehen, was ich für ein beschränktes, überspanntes, eitles Geschöpf bin!"

Sie waren unter diesen Reden in Connewitz angekommen und von der langsamen Pilgerfahrt durchfroren, schlug Robert eine kurze Tasse Kaffee in dem Restaurant vor. Sie nahm an.

In dem mäßig langen Saalviereck drängte sich an wirr durcheinander geschobenen Tischen in engen Zickzackgängen eine gestaute Menge. Hetty und Robert fanden in einer der äußersten Ecken ein stilles Plätzchen, von dem aus sie das Treiben des Sonntagsvölkchens lächelnd bespöttelten. Ein gleichmäßiger, schnurrender Lärm prallte gegen die Wände, fünfhundert Stimmen, so wohl durcheinander gemengt, daß kein einziges Wort ungebrochen weiterflog. Das Rücken der Stühle, das Klappern der Tassen und Löffel, das Trampeln der Kellner kreischte in den raspelnden maschinenlauten Lärm hinein. Da saßen drei Philister um einen Tisch, spielten Skat, schlugen mit den Fäusten auf die Platte, schrieen, lachten und zankten sich, als ob es um die wichtigsten Bedingungen des Daseins ginge, indeß ihre häßlichen, unförmig gekleideten Frauen am Nebentisch mit einer augenniederschlagenden, stummen Hingabe wollene Strümpfe strickten, als zögen sie sich die langen, blauen Fäden aus ihren vertrockneten Seelchen, als wollten sie die ganze Welt in die tiefen, grundlosen Schläuche versenken. Hübsche, kleine Engländerinnen mit kurzen Tituskörfen häkelten ihre verlangenden Blicke in die dunklen, schwärmerischen Augen ihrer männlichen Genossen vom Konservatorium, denen die langen Locken bis über die Schultern wallten. Ueber Meere und Berge schienen sie hierhergekommen, um in ungebundener Künstlerfreiheit die Variationen der Liebe in allen Dur- und Molltonarten zu studiren.

In einigen Schritten Entfernung sahen Hetty und Robert nur noch Schattenrisse von Massen hinter einem zitternden, webenden Nebel. In Wolken und Wirbeln klumpten sich die Aushauchungen der kleinen Tassenschlote, der Stoß- und Drehrauch der Zigarren, die Dämpfe der Menschen zusammen zu schweren, hin- und herpendelnden Vorhängen, deren Maschen sich dicht und dichter zogen und hinter denen die Kupfergluthen der untergehenden Sonne dick und breiig auseinanderflossen und springende Feuertropfen nach Glatzen, Bärten und Hauben der Menschen in den Nebelstrudeln spritzten.

„Nur schnell einen warmen Schluck und dann wieder heim!" hatte Hetty gesagt, und er stimmte ihr bei. Aber des starken Sonntagsandrangs ungewohnt, ließ der Kellner lange warten. Sie wurden nicht müde, das Gewimmel um sich herum zu betrachten. Glückliche Einsamkeit in all' der Fülle! Es kam ihnen vor, als ob alle diese Erscheinungen nur in dumpfen Trieben dahinlebten, aßen, tranken, schliefen, ihres Daseins kaum bewußt — als seien sie Beide in ihrer Ecke unter all' den Puppen die einzigen Menschen — die einzigen Menschen, die es überhaupt auf der Welt gab, die fühlten, wollten, mit Bewußtsein lebten.

„Ich kenne sie, diese schrecklichen deutschen Menschenthiere!" sagte sie, „Sie brauchen sie mir nicht zu schildern. Ich brauche ja nur mit Entsetzen an meinen Gatten zu denken, wie er bei unserer Hochzeit sich mit Freunden an den Spieltisch setzte und, ohne sich um mich zu kümmern, spielte — bis der Morgen graute, bis er seinen letzten Thaler, ja Uhr und Ringe eingebüßt hatte, selbst den Trauring, und er nun müde, angetrunken, ausgeweidet, halb geistesabwesend gegen die Thür meines Zimmers torkelte — die ihm jetzt natürlich verschlossen blieb...."

Der Kaffee war inzwischen gekommen, die langsam einwärts gleitende Wärme löste die letzten dünnen Hüllen, welche die Seelen umkerkerten — frei und sehnsüchtig ergossen sie sich ineinander.

„Aber das ist ja einfach unbegreiflich! Wenn man schon das Glück hat, eine so reizende kleine Frau sein nennen zu dürfen —"

„Ach — das war nur der Anfang. So ging es die ganze Zeit. In drei Monaten war mein Vermögen verschwunden. Wir sahen uns kaum. Selten bei Tage — noch weniger bei Nacht. Und wenn wir uns sahen, gab's nichts Anderes von seiner Seite als Rohheiten, Beleidigungen mit Wort und That...."

„Sie Aermste, was müssen Sie gelitten haben!"

„Es war nicht mehr zum Aushalten — ich mußte endlich wieder zu meiner Mutter, wenn wir auch, nun aller Mittel beraubt, des Daseins ganzen Jammer durchkosten sollten...."

„Aber kümmerte er sich gar nicht mehr um Sie? Sie konnten doch verlangen, daß er für Ihren Unterhalt sorgte?"

„Wenn er aber nicht in der Lage dazu war?"

„Weshalb nicht?"

„Weil er — — im Gefängniß saß?"

„Im Gefängniß?..."

„Wegen einer kleinen Wechselfälschung...."

Es war Robert, als hätte ihm eben Jemand einen Faustschlag vor die Stirn gegeben. Eine Sekunde lang sprang eine riesige Stichflamme des Widerwillens in seinem Innern empor — gleich aber zwang er sie in's Herz zurück, verschloß sie fest darin; das Fieber seiner Kombination erwachte, eine unersättliche Begierde, diese neue Falte durchzuforschen bis in den kleinsten Winkel, diese überraschende Perspektive festzuhalten, den zufälligen Blick in geheime Gründe, der im Augenblick wieder verschwinden konnte, in sein Gedächtniß zu bannen. Er war ganz Forscher, ganz Arbeiter — und Hetty, von der Eigenart der Lage gefesselt, unter hundert fremden Menschen allein mit dem Einzigen, der ihr Theilnahme, Mitgefühl, vielleicht Liebe entgegenbrachte, in dem heißen, seit Langem ungestillten Begehren, sich an einem stärkeren, zielklaren Willen aufrecht zu erhalten, schien die letzten, trüben Stolzes festgehaltenen Schleier vor ihrem Herzen sinken zu lassen und ihre Wunden ihm ganz zu offenbaren. Sie sagte ihm Alles, gleich als wollte sie von jetzt ab nur noch sein Geschöpf sein — als sollte er dann mit ihr beginnen, was er mochte — wie sich ein Hündchen auf den Rücken wirft, die Pfoten von sich streckt und die Gnade des über ihn gebeugten fremden, stärkeren Menschen anwinselt....

Sie war unschuldig, betrogen, auf's Erbärmlichste verrathen. Ein Freund ihres Hauses hatte ihr Den, der ihr Gatte werden sollte, als zweifellosen Ehrenmann geschildert, hatte ihn in ihrem Hause eingeführt und der Mutter diese Ehe als ein großes Glück hingestellt. War er selbst irregeführt? War er mit im Komplott? Sie wußte es nicht.... Nachdem der saubere Herr Gemahl ihre väterliche Kaution verspielt hatte, mußte er sich Geld durch Fälschungen verschaffen.

Fast täglich kam er betrunken nach Hause, in seiner Sinnlosigkeit schlug er auf sie los.

„Vielleicht war es nur Zufall, daß mir beim Eintritt in's Zimmer ein schwerer Teller entgegenflog, der

Viertes Kapitel.

an der Thürkante in hundert Stücke brach — vielleicht befand sich eines Morgens nur zufällig in meinem Brennapparat ein Explosionsstoff, so daß ich mir beim Anzünden das halbe Gesicht verbrannte und es zwei Monate in Watte tragen mußte...."

"Aermste! Aber danken Sie Gott, daß Sie ihn jetzt los sind.... Es war eben eine unangenehme Episode. Nichts hindert Sie, jetzt ein neues, frisches Leben zu beginnen, und ich —"

Sie stützte den Kopf in die Hand. "Das ist ja das Schreckliche!" seufzte sie. "Nicht los kommen können! Auf ewig an ein solches Scheusal gekettet! Wenn seine Zeit um ist, und er wiederkehrt — und Der kommt wieder..."

Robert hätte beinahe aufgeschrieen vor Ueberraschung. Mit geöffnetem Munde saß er aufrecht da, mit weiten Augen starrte er sie an. "Aber... warum haben Sie sich denn nicht scheiden lassen...?"

"Es geht ja nicht. Die berühmtesten Advokaten habe ich befragt. Nicht einmal... zehnmal. Und immer dasselbe Achselzucken, dasselbe Mitleid."

"Aber wenn er zu entehrender Strafe —"

"Ja — mindestens drei Jahre... wir sind in Dresden getraut... das sächsische Recht... er hat nur zwei Jahre neun Monate —"

"Herrgott, auf die lumpigen drei Monate hätte es den Richtern nicht ankommen sollen!... Aber Sie erzählen doch selbst: er hat Ihrem Leben nachgestellt —"

"Nicht unmittelbar! Denken Sie, dieses sächsische Gesetz... er ließ mich keine Minute ungepeinigt... aber ich muß schwere körperliche Schädigungen nachweisen... die Gefahr genügt nicht... der Teller kann ihm aus der

Hand entglitten sein … den Explosivstoff kann der Teufel in's Petroleum gethan haben —"

„Abscheuliche Ungerechtigkeit! Also für ewig angekettet? Und es giebt keine Mittel —"

„Nur, wenn er einwilligt — und das thut er nie, so lange er hofft, noch einen Groschen aus mir herauspressen zu können. Er weiß, daß ich, wenn mein Onkel stirbt, eine neue Wirthschaft erbe und ein kleines Vermögen —." Sie kniff die Unterlippe ein und starrte sinnend auf die Tischplatte. „Oder —," sprach sie leise, wie zu sich selbst.

Er erhob den Kopf. Seine Nüstern blähten sich fragend. „Oder —?"

„Ehebruch —," hauchte sie. „Aber dann wage ich drei Monate Gefängniß, wenn mein Mann es beantragt. Er wird es nie thun," sagte sie schnell, „er ist ja so erbärmlich feig … aber doch die Möglichkeit … ach, ich bin so weit — mir ist schon Alles gleich —." Sie stöhnte leise. „Ach, wenn mein Papa das erlebt hätte, daß seine stolze Tochter —"

Robert überlief es heiß und kalt. Welch ein Strudel neuer Strömungen wirbelte rings um ihn! Verstohlen, doch aufmerksam, betrachtete er ihre Züge und leise schüttelte er den Kopf. Nein, diese feingeschnittenen Lippen, deren enge Doppelwelle mit dem Hölzchen modellirt schien, würden sich vor einem Befehl zur Lüge zusammengepreßt haben. Diese klaren, blauen Augen hätten sich vor jedem Betruge mit einem Schleier verhüllt! Hatte sie sich jemals ihm gegenüber besser gemacht, jemals die Unschuld gespielt? Hatte sie ihm nicht stets die Offenheit der klügsten Weltdame gezeigt, die keine Sünde kennt, sondern nur Erfahrungen? Sie konnte zuletzt einem Fremden nicht gleich von Anfang an Alles beichten! Warum sollte sie dies-

Viertes Kapitel.

mal lügen, warum sollte es nur Verworfene geben und nicht auch Unglückliche? Welche Veranlassung hatte sie zu lügen — ihm gegenüber, sie, die zehnmal interessanter war als er, zehnmal mehr erlebt hatte, die heut nur nach Paris, London oder Berlin gehen durfte, um reichere, einflußsicherere Freunde zu finden, als ihn, einen Zigeuner?

Und heiße Zukunftsbilder stiegen in ihm auf... er dachte an üppige, dunkelrothe Rosen.... Mit welcher Inbrunst mußte eine Frau lieben, die so viele Enttäuschungen hinter sich hatte! Wenn eine Frau, die so viel gelitten, einmal entschlossen war, im Vollgenuß einer Stunde eine ganze Vergangenheit zu vergessen — schlürfte sie den Becher bis zum letzten Tropfen leer.... Jetzt mußte sie sein werden, jetzt gewisser als je. Eine Sünde — je schwerer je besser — ein Leben für eine Todsünde! Berauschende Lust, hinwegzustürmen über alle Dornenhecken menschlicher Sitten und Gesetze! Ein Roß ist nur schön ohne Sattel und Zäume, geknebelt sieht es klein aus und aller Fluß der Linien versiegt. Ein Mensch ist nur schön, wenn er alle schnürenden Bande herkömmlicher Einrichtungen sprengt! Die Masse der Kleinen mochte sich an die abstumpfende Fülle ihrer Gebote halten. Die waren auch nichts jeder für sich — ein Starker zerbrach sie Dutzendweise — nur das pressende Band schuf aus dem Bündel die Macht. Nur als Masse galten sie, nur des Gebotes strenge Macht gab ihrem Schattendasein Halt und Recht. Aber er — der Künstler, das Genie! er brauchte die Masse nicht... sie konnte ihm nichts geben, weder Brot noch Geist. Er schöpfte Alles aus sich heraus. Nur große Menschen sind großer Sünden fähig. Die Kraft, die er zur Welt mitgebracht, die er aufgesammelt und kapitalisirt hatte, verlangte ihre

Rechte. Er hatte sie bisher in den Grenzen seines Hirns austoben lassen, er hatte in seinem Buche der Welt ein flammendes Merkzeichen gegeben — aber der andere Mensch in ihm, der Mensch der Anschauung, der Bethätigung, sein Erbgeist wollte nicht länger sein Gläubiger bleiben ... er pochte mit bonnernder Faust ans Herz — der lange vertröstete Bruder seines Geistes verlangte sein Erbtheil ... er schuldete ihm Gerechtigkeit, Rechnungslegung, Auszahlung ... er hatte die geistige Probe seiner Kraft bestanden, sein Meisterstück ... Nun zur zweiten Station der Prüfung ... zur Bethätigung seines Könnens im Leben ... zum Meisterstück seines Fleisches! Zum Inventar seiner Gaben! Wie galt es ferner Großes zu leisten, ehe er sich der eigenen Vollmacht ganz bewußt war? ...

In ihren Augen stiegen feine Regenwolken auf, die enge Mundlinie krümmte sich nach oben, die Stirn rillte sich, und leise mit dem Kopf nickend sagte sie trüb: „Ich sehe, Sie zürnen mir. Ja ja, ich hab's schon geahnt. Sie haben ja Recht, Sie sind ein Mann, Sie sind geistreich, berühmt — die Frauen laufen Ihnen nach. Was soll Ihnen solch' altes, langweiliges, unglückliches Geschöpf wie ich, das Sie mit den Geschichten seines Unglücks plagt? Sie wollten sich unterhalten, Sie suchten irgend ein kleines, niedliches Spielzeug ... ich nehme es Ihnen gar nicht übel. ... Sie dachten sich: da ist ein munteres Frauchen, das sich langweilt — trösten wir es ..."

Eine warme Blutwelle stieg in seiner Brust auf, vom Herzen schwoll sie schnell bis zu den Schläfen empor ... er beugte sich vor und die zärtlichste Treue, ein Dutzend schwere Eide im glänzenden Auge ergriff er ihre Hand und preßte sie heiß und innig an seine Lippen.

Viertes Kapitel.

Hetty lachte kurz auf. „Um Himmels Willen — was thun Sie! Sehen Sie nur, wie die brave Schneiderfamilie da drüben sich entrüstet! Respekt vor der deutschen Moral — Schonung der berechtigten Empfindung ehrbarer Familien!... Und da rechts... sitzt da nicht Niedermayer?... Natürlich!...

Er ließ ihre Hand aus der seinen gleiten, lehnte sich zurück und athmete tief auf. „Ja ja... Sonntags... in einer deutschen Kleinstadt.... Kommen Sie, wir wollen gehen!... Kellner, zahlen!... Kellner!... Donnerwetter, Kellner!..."

Er mußte mit ihr allein sein — sich ganz aussprechen, die letzten Herzensgründe entblößen — eine fieberhafte Unruhe beutelte ihn. Sie traten hinaus. Ein gleichmäßiger Wind, kalt und trocken, blies seine erhitzten Augen an. Im dicken Schneepelz starrte der nahe Wald, die übersponnenen Zweige, die schweren Kronenlasten, von den langen limonenfarbigen Tropfenbahnen des Mondlichts überrieselt. Schlitten hielten in der Finsterniß, an welcher der rothe Flackerschein der Gaslichter leckte. Die Pferde dampften, und stampften mit den Beinen, ein silbernes Klingen surrte und purrte um sie herum.

Jetzt eine Heimfahrt durch den einsamen Schlangenweg des Waldes! Schon saßen sie im Schlitten, sorgsam breitete Robert die Decke über ihre Kniee; die Pferde zogen an, das Geläut rieselte stärker, und die nächtliche Verschwiegenheit umschloß sie mit ihren schimmernden weichen Armen.

Kein Windstoß erdreistete sich hier, kein Laut wagte sich auf, still war die ganze Welt, verschwiegen und ehrfürchtig, wie verzaubert. Nur das ununterbrochene dünne Tititi der Schlittenschellen klirrte gleich der hellfreundlichen Stimme des Waldes, ursprünglich und geheimniß-

Alberti, Fahrende Frau. 5

voll. Jeder Baum war eins mit seinem Schnee, die strammen weißen Massen kamen aus der dunklen Rinde gequollen, festgehalten von den finsteren Klammern der Zweige. Die Wipfel hatten ihre Mäntel, ihre Laken, ihre Federkissen, die Aeste ihre Hauben, Schleier, Mützchen. Pyramiden schichteten sich zusammen, Polypen streckten ihre Leichenarme aus. Ringe und Reifen schienen zwischen die Zweige geklemmt. Eine geschnitzte, gegossene, getriebene Welt aus einer weißen, gleichmäßigen Metallmasse! Eine zweideutige, dämmernde Helle, voll flimmernden feinen Staubes spann sich von Baum zu Baum gleich Spitzengehängen, ein athmendes Streben, ein schwankendes Licht, das von einer verborgenen, rauschenden Quelle herzurieseln schien. Klinglingling = tititi! lispelten unablässig die kleinen Schellen. Die Pferde keuchten und kochten, die Athemstrahlen, aus den Nüstern brechend, ringelten sich gleich schleimigen Schlangen, immer breiter, um die Leiber der Thiere, die gleichmäßig ausgreifend dahinstürmten. Wie kleine Federn stäubte es von den Aesten und krümelte sich auf das Haupt, den Schooß der Beiden. Frisch umspielte die Nacht ihre Nasen, ihre Wangen — aber es war nicht kalt, da hier in dieser Zauberwelt der Wind schwieg; vom Herzen her stieg bis in die Poren eine mollig rieselnde Wärme. Eng aneinander geschmiegt saßen sie, Hettys Kopf ruhte an Roberts Schulter, ihre Hände drückten die seinen und lange Zeit sprachen sie kein Wort. Wieder, indem sie so dahinglitten, ohne Stöße, ohne Störung und Geräusch, erfaßte sie jenes herrliche, bis zu den Sternen hebende Gefühl, die einzigen Menschen auf der Erde zu sein. „Giebt es noch eine Welt?" fragten sie sich, „und wo ist sie?" Waren sie beide zusammen sich nicht die weiteste, reichste, schönste aller Welten? Bedurften sie irgend eines Menschen, eines Dinges? Alle Wünsche schwiegen, jedes Verlangen schien aufgelöst. Sie wollten nichts thun, nichts sprechen, nichts denken, nur Seite an Seite, Hand in Hand immer so weiter fahren, durch verzauberte Wälder, ganz allein, bis in die Ewigkeit.

Der Mond, lange verborgen, trat wieder hervor. Gelbweiße Dämpfe sprudelten aus dem Boden, flogen von Baum zu Baum, hingen wie feinmaschige Netze zwischen den Kronen. Die Zweige schmolzen, sie leckten, große Silbertropfen lösten sich los und schwankten nieder. Das Licht erweckte Roberts entschlummerte Sprache wieder. Er sagte Hetty, daß er sie bis zum Wahnsinn liebe, daß er sich vor Sehnsucht verzehre, daß er sie morgen Nachmittags erwarte, oder — wenn sie nicht käme — Abends abreise, um im brausenden Strudel des Berliner Lebens Vergessen seines getäuschten Hoffens zu suchen.

„Du willst mich verlassen?" fragte sie mit verhaltenem Lachen.

„Du hast die Macht, mich zum Bleiben zu zwingen. Aber dieses Besitzen und Nichtbesitzen macht mich verrückt. Diesen Kampf ertrage ich nicht mehr." Die liebliche Ruhe des Glücks, die ihn eben noch einlullte, war zersetzt, wild braute es in ihm, das fieberhaft schlagende Herz zischelte ihm zu, dies Glück sei nur Schein ohne Gewähr. Ein Hammer schlug an die Hirndecke und die Schläge zitterten ihm abwechselnd zu: „Gewißheit!... Narr!... Besitz...."

Sie schwieg noch immer mit heimlich lächelndem Munde. Er sah nicht, wie aus ihren Augen der Uebermuth leuchtete, wie ihre Nasenflügel triumphirend bebten, wie ihre Brust sich voller hob — seine Entschlossenheit entartete zur Heftigkeit, er machte ihr Vorwürfe, daß sie ihn nur zum Besten halte, er verlangte den Beweis ihrer

Liebe, wenn sie ihn noch einmal sehen wollte, bis sie endlich, ihre Heiterkeit mühsam unterdrückend, die Hand auf seinen Mund legte und sagte: „Aber... Du stürmischer wilder Bob — ich komme ja!"

Der Schlitten erreichte die Stadt und schleifte mühsam auf dem harten Steinboden hin. Die Lichter, die öden Häuserwände, der Lärm — das Alles zerriß den bunten Traum. Er ließ halten, um sie zu Fuß nach Hause zu bringen. Er lohnte den Kutscher ab: der Hallunke verlangte einen unglaublichen Preis. Robert konnte sich nicht enthalten, ihn etwas hoch zu finden — es war ihm nicht ums Geld, sondern um den Triumph des Andern, ihn betrogen zu haben — und der Kerl entgegnete mit echt Leipziger Frechheit: „Na — Sie haben sich aber doch woll sehr gut unterhalten?"

Bis auf's tiefste angewidert zahlte Robert und ging. Sie kamen an seiner Wohnung vorüber. Ein Gedanke durchzuckte ihn... aber nein! Er wollte sich in dieser Nacht voll Schlaflosigkeit, die bevorstand, noch die süßen Erregungen der ihrer Erfüllung gewissen Ungeduld verschaffen, die brennenden selbsterzeugten Zweifel: wenn sie nun nicht kommt? — die überseligen Gemälde all des Glücks, das ihr Erscheinen streuen würde — alle jene erschütternden Wechsel der Genüsse von Furcht und Hoffnungsträumen — das kostbare Vergnügen der letzten Verzögerung...

Die Mutter verwunderte sich über die vielstündige Verspätung. Er erfand eine leidliche Ausrede und verabschiedete sich von Hetty mit einem förmlichen „Gute Nacht, gnädige Frau," von meisterhafter Kühle.

Daheim zündete er die schmächtige Lampe an, setzte sich auf den Bettrand, legte das Haupt aufs Kopfkissen und schloß die Augen, sich in dem dunklen Raume Hettys

Viertes Kapitel.

Bild nachzeichnend, das die geringen, die Augenlider durch-
brechenden Lampenstrahlen wie mit leiser Heiligenkrone
umspielten. „Morgen also — morgen!" flüsterte er vor sich
hin. Mit einem Male wurde ihm eng ums Herz, ein
ziehender Schmerz kam von der linken Seite — und ehe
er selbst wußte, was er wollte, war er aufgesprungen und
wühlte im Schreibtisch unter seinen Papieren. Wie ein
Raubthier ein verscharrtes Fleischstück hervorkratzt, so
kramte er eine Photographie hervor. „Mieze!" rief er,
und bedeckte das Bild mit Küssen. Thränen stürzten
aus seinen Augen, er zitterte am ganzen Leibe und mußte
sich setzen. Immer behielt er das Bild in der Hand,
immer küßte er es weinend von Neuem. Es war die
Heldin seines letzten Berliner Erlebnisses, die unschuldige
Kleine, der er entsagt hatte — seiner aufrichtigsten, seiner
wärmsten Liebe. Bei Hetty Hart dachte er nicht an sie
— aber jetzt, bei Hetty Haba-Néra, an der Schwelle eines
großen Erlebnisses, einer folgendunklen Zukunft, die auf
sein Leben, sein Schaffen unendlichen Einfluß haben konnte
und sollte — jetzt kam ihm mit urkräftiger Gewalt wieder
zu Sinn, welch eigenes Glück er aufgegeben, welch frem-
des er vernichtet hatte. Ein einziger Augenblick hätte sein
Leben in eine neue Kurve geleitet — er saß dann heut nicht
hier... Mieze hatte ihn geliebt, heiß und echt — jetzt wußte
er's — er glaubte insgeheim ihr noch heut zu gehören... Aber
Hetty vergötterte ihn... er beleidigte jene nicht, wenn
er ihre Stelle dieser einräumte — und indem er das
Bildchen an den Lampenfuß stellte, fiel er dicht vor dem
Tisch auf die Kniee und rief mit thränenumdrosselter
Stimme: „Nicht wahr, du verzeihst mir? nicht wahr,
Mieze?"....

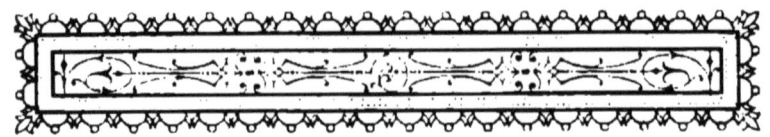

Fünftes Kapitel.

Dienstag Morgen. Robert saß aufgerichtet in seinem Bett und rieb sich den Schlaf aus den Augen. Er trank schnell die Schale dünnen Hôtelkaffees, um die Lebensgeister zum Erwachen zu zwingen, dann gähnte er und reckte die Arme. Seine Erinnerungen flüchteten durch einander. Er suchte die Rückschläge des vorigen Tages zu ordnen, welche die Träume der Nacht überhauf gewirrt hatten, und indem ihm die einzelnen Worte, Szenen, Freuden wieder vor die Seele traten, spitzten sich seine Lippen voll Befriedigung. Und doch ... seine Stirn kräuselte sich ... nicht Alles war so gekommen, wie er sichs gedacht hatte. Welch seltsame Mischung von Leidenschaft und Zurückhaltung war in diesem Weibe! Wie kämpfte das Verlangen nach der Fülle des Lebens mit dem ängstlichen Aufrechterhalten des Scheines schamhafter Weiblichkeit!

Die Frauen, nach den Gluthen der Umarmungen bürstend, halten ihre Sinne oft unter den größten Kämpfen geknebelt, denn sie fürchten nach den Festen der Liebe die schnelle Verachtung des Mannes. In aussetzen=

Fünftes Kapitel.

den Stößen flammte Hettys Leidenschaft auf... jetzt in tollem Selbstvergessen über alle Erdenfreuden hinstürmend — in der nächsten Minute abgewendet, zusammengekauert, den Kopf unter den überdeckenden Armen verborgen, wie todt daliegend, auf seine Fragen nicht antwortend.

In ihm aber blitzte, als das letzte Rauschen des ersten Sturmes vorübergezogen war, wie ein Blitz aus heitrem Himmel die ihn selbst verblüffende Frage auf: „Was nun? wie findest du das Ende dieses tollen Abenteuers? Wie schaffst Du Dir Ruhe und Einsamkeit zurück?"

... Während noch seine Lippen an den ihren hingen, sah er, in dem Augenblicke da alle nach einem Punkte gedrängten Lebensgeister an die gewohnten Plätze zurückzufluthen begannen, in jenem Moment der höchsten Spannung, den von der tiefsten Erschöpfung nur das Tausendstel einer Sekunde trennt, einen ganzen Roman vor sich, mit voller Deutlichkeit, mit allen peinvollen Szenen, Kämpfen, Leidensgefühlen... wie über einem Sterbenden die Bilderfluth eines ganzen Lebens hinjagt... und heiß und trüb umnebelte ihn der Gedanke: „Wie nun wieder frei?"

Aber mit dem nächsten Athemzuge war der Alp gewichen. Und auch sie, die Miene der Beschämung abschüttelnd, die auf Roberts lebhaftes Gemüth nur schreckend wirken konnte, fragte mit dem Engelslächeln der Verklärung: „Ich bin häßlich — nicht? Sag's nur offen: Du hast Dir was anderes vorgestellt!... Und jetzt verachtest Du mich — nicht?"

Er hatte sie geküßt, sie an sich gedrückt, ihr Schmeichelnamen und Schwüre gegeben, und seine überströmende Zärtlichkeit war ein Gemisch von Aufrichtigkeit und Spiel. Er fühlte sich ihr Liebe und Dank schuldig — und gleichzeitig ärgerte er sich über seinen allzuschnellen Sieg....

Mit einem Male bemerkte er, ihren Kopf an sich heranziehend, daß das goldige Gelb der Locken seines Kanarienvögelchens offenbar durch ein künstliches Mittel getönt war ... Er ärgerte sich, er zerbiß seinen Schnurrbart ... Dann schlug es sich ihm schwer ums Herz und wie zur eigenen Beruhigung sagte er sich: „Es bleibt dir nichts mehr übrig. Bist du so weit gegangen, so kannst du nicht mehr zurückspringen. Sei nicht feig, fürchte dich vor keinem Weibe. Du bist stärker als sie!" Und er erhob sich von ihrer Seite mit dem Entschluß, sich treu zu bleiben, nicht feig zu weichen, sondern das Abenteuer durchzuführen, in das er sich gestürzt, damit er an seine eigne Kraft glauben durfte.

Er ging mit wogender Brust im Zimmer umher. „Wirf mir doch 'mal meinen ganzen Kram zu!" rief sie. Er packte all die bunten Stücke zusammen und sandte sie lachend, mit kräftigem Schwunge durch die Luft. Unglücklicherweise trafen sie Hetty an den Kopf. „Verzeih', verzeih'!" bat er schnell vor ihr niederkniend ... „es geschah gegen meinen Willen."

„Aber selbstverständlich!" lachte sie. „Du bist ja nicht mein Gatte!"

Die Abzüge aller dieser Bilder wandelten in seinem Hirn vorüber, als er zusammengekauert in seinen Kissen saß, mit halb geschlossenen Augen, in der Morgenstimmung zwischen Träumen und Wachen. Hoch fuhr er auf — ein Klopfen an der Thür hatte den Rauch seiner Vorstellungen zertrieben ... „Wer da?"

„Ich!"

„Wer ich?"

„Ich!" ... Eine feine, leise Stimme? Wer konnte — ? Sich aufrichtend öffnete er schnell mit dem vorgestreckten Arm und behend wie ein Eidechschen hüpfte Hetty herein,

Fünftes Kapitel.

ganz ernsthaft gekleidet, in würdiger schwarzer Seide, in der Hand Rosenkranz und Gebetbuch.

„Guten Morgen, mein Schatz."

„Nanu — Hetty —? — —"

„Nur auf eine Sekunde, ich muß zur Kirche, wir haben heut hohen Feiertag — aber ich konnte nicht an dem Hause vorüber, ohne zu sehen, was mein Einziger macht —"

Das war gut, das war brav! Sie liebte ihn wirklich! . . . Er zog die leicht Widerstrebende zu sich, auf den Bettrand, sie legte sorgsam Kreuz und Buch auf den Stuhl daneben, den seine Toilettenstücke einnahmen.

Sie faßte sanft seine Hand und erkundigte sich voll Besorgniß, wie er geschlafen habe, und ob er nicht zu müde sei. Er küßte sie, gab ihr zärtliche Namen und nöthigte sie mit unaufhörlichem Bitten, für eine Minute Hut und Mantel abzulegen.

„Aber nur für eine Minute."

„Gut! gut! Nur damit Du Dich dann draußen nicht erkältest."

„Du schwörst, mich dann ruhig gehen zu lassen?"

„Sobald Du willst!"

„Du, Bob — möchtest Du mich nicht heut Abend in die Oper führen?"

„Was giebt man?"

„Carmen von Bizet. Meine Lieblingsoper, von je her. Bei einer Vorstellung von Carmen habe ich auch Dumesnil kennen gelernt. Er behauptete später immer, ich gliche ganz der Heldin der Oper . . ."

„Weißt Du," sagte Robert gedehnt, „daß ich Dich nur in die Oper führen soll, damit Du Dich an Dein früheres Verhältniß erinnerst —"

„Dummer Bob! Nicht eifersüchtig sein! Dumesnil

— den hab' ich doch nicht geliebt, wie ich Dich liebe. Das war Ehrgeiz. Ich wollte um jeden Preis eine Rolle in Paris spielen — und das hab' ich durchgesetzt. Sonst war's nichts. Aber Dich — ohne Dich könnte ich nicht leben. Siehst Du, ich mußte Dich heute Morgen sehen — ich hätte sonst nicht beten können."

Er schloß sie enger in seine Arme, zog sie zu sich hinüber — es gewährte ihm ein Vergnügen, ihre sorgsame Kirchentoilette zu verwirren, zu zerstören. Sie lag in seinen Armen, alle Stürme der Leidenschaft brachen aus, Ströme von Küssen regneten ohne Unterbrechung, ihre Köpfe schienen an den Lippen untrennbar festgesogen wie zwei luftleere Halbkugeln.... Um ihr Gefühl zu schonen, die Flammen ihrer Leidenschaft nicht zu dämpfen, suchte er mit dem freien linken Arm Kreuz und Buch, die streng vom nahen Stuhle herüberschauten, durch die Strümpfe zu verdecken — aber Hetty bemerkte es und flüsterte, indeß ihre Wangen glühten: „Laß nur — sie können es sehen — das ist keine Sünde — das ist die Liebe — die kommt von Gott!" Und es war, als gäben ihr jene heiligen Symbole erst die Weihe, das Sakrament der Leidenschaft.

Müde, bleich, mit geschlossenen Augen sank ihr Engelsköpfchen endlich in die Kissen. „Fehlt Dir etwas, Kanarienvögelchen?" fragte er. „Kann ich Dir etw—"

„Nein, nein, laß nur — nichts!" hauchte sie, lächelnd seine Wange streichelnd. Plötzlich sah sie auf die Uhr. „Herrgott, ich muß fort!" rief sie entsetzt, „sonst versäume ich die letzte Messe, und das würde mir nie vergeben. Schlechter Mensch — Du solltest mich doch nicht aufhalten."

Sie war aufgesprungen und ordnete ihren Mantel. Mit zitternder Hast küßte sie ihn, raffte die Sachen vom

Fünftes Kapitel.

Stuhl zusammen und stürzte hinaus. Robert sah ihr lange nach. Seltsame Weiber! dachte er, seltsame Weiber! Jetzt schmeckt ihr die Kirche! Von der Sünde zur Beichte! Das nenne ich schnellen Umsatz. Und das geht den Weibern so zusammen — so ohne jeden Skrupel! Sie kriegen Alles fertig: die Andacht nach der Liebe, das Dichten nach dem Essen — wie's wird, ist ihnen gleich! Wenn ich nur wüßte, wie sie's anfangen, immer zu lieben, ohne Widerwillen zu kriegen. Das ist das Problem!

Abends besuchten sie ‚Carmen'. Er hatte zwei gute Plätze besorgt, und sie folgte gespannt der Aufführung, den wechselnden Liebesschicksalen der tollen, fessellosen Zigeunerin. Bald füllten ihre blaugrauen Augen sich mit Thränen, bald züngelten sie in stechendem Feuer auf. Ihr ganzer Körper zitterte dann und sie preßte und drückte seine Hand so fest zusammen, als ihre Muskeln hielten. Sie ging selten in's Theater — aber dann öffnete sie den Eindrücken ihre ganze Seele; jedes Bild, jeder Vorgang war ihr Wirklichkeit. Eine wahre Glaubens= andacht durchloberte sie. Hundert persönliche Erinnerungen mochten sie durchkreuzen. Ihm waren die Leistungen der Bühne Kunstschöpfungen, die er auf Feinheit und Ge= wandtheit prüfte und zergliederte. Sie litt unter den Leiden der Personen, er unter den Fehlern ihrer Auf= fassung und Wiedergabe: Beide gleich lebhaft, gleich tief.

„Nun, war's schön?" fragte er beim Nachhausegehen. „Hast Du Dich amüsirt?"

„Ach," erwiderte sie mit tiefem Seufzer, „ich möchte in Spanien leben! Ich war schon einmal dort. Da giebt es die schönsten Männer, da herrscht die ideale Freiheit, da ist das Weib Königin!"

„Das ist es bei uns auch," erwiderte er in seiner Kühle, „sobald es einen hinreichend beschränkten José findet."

Sie lachte. „Weißt Du, jeder Mann ist verloren, wenn wir Frauen wollen."

„Zum Mindesten wirst Du bei mir eine Ausnahme finden."

Sie faßte ihn unter das Kinn. Ihre Augen blitzten. „Prahle nicht, kleiner Bob! Es hilft Dir doch nichts. Wenn ich will, so merkst Du ja das Band gar nicht, an dem ich Dich leite. Kein Mann merkt es. Ohne daß ihr eine Ahnung habt, werdet ihr geführt, wohin es uns beliebt. Ihr glaubt, euer Wille geschehe, und ihr seid nur die frommen Schäfchen. Die Frauen haben immer die Oberhand und spielen mit euch. Ihr könnt ja gar nichts gegen uns thun." Sie hatte das mit gutmüthig-erhabenem Spott gesagt, im Prahlton, und lachend sang sie Carmen's Lied vor sich hin, leise summend, aber ihm recht unter die Nase:

„Glaubst den Vogel Du schon gefangen,
Ein Flügelschlag — ein Augenblick,
Er ist fort und Du harrst mit Bangen;
Eh' Du's versiehst, ist er zurück.
Weit im Kreise siehst Du ihn ziehen,
Bald ist er fern, bald ist er nah. —
Halt' ihn fest und er wird entfliehen,
Weichst Du ihm aus — flugs ist er da!"

Er verzog spöttisch den Mund. „Täusch' Dich nur nicht in mir, Herzchen. Du bist keine Carmen! Du nimmst die Liebe viel zu ernsthaft. Ich habe viel mehr Zigeunerblut." Und Carmen parodirend, brummte er:

„Roberts Liebe nie länger als sechs Wochen währt."

Sie wurde blaß, und wie sie im Laternenlicht dahin-schritten, merkte er, daß ein Zittern alle ihre Glieder durchlief. Ein paar Minuten blieb sie stumm, schwer athmend. Dann sagte sie leise, mit verhaltenem Beben: "Sprich nicht so. Wenn ich das für wahr glaubte, nähme ich mir auf der Stelle das Leben."

"Gift oder Dolch?"

"Da!" Sie blieb unter einer Laterne stehen und kramte aus der Tasche einen entzückenden, kleinen, mit Elfenbein und Perlmutter ausgelegten Revolver hervor.

"Wie thöricht! Ich würde Dir doch lieber rathen, mich zu erschießen, sobald ich Dir untreu werde."

Sie schüttelte langsam den Kopf. "Nein! Was hätt' ich davon, wenn Du todt bist? Damit schaffte ich mir Deine Liebe nicht wieder. Wenn ich Dich verliere, ist mir das Leben nur ein Becher Galle.... Ach, Du weißt ja nicht, kannst ja nicht wissen, wie ich Dich liebe!"...

Es that ihm leid, daß er sie gehöhnt hatte. Schon im Theater hatte er sich über sie gefreut. Ihre unmittelbare Antheilnahme, ihre auflachende Freude, ihre Händedrücke, ihre Anmuth: Alles das bewies ein Herz, das noch ursprünglich fühlte, und sich gab, ohne an die Wirkung zu denken. In ihren Empfindungen wenigstens war sie ehrlich. Und wie nett, neben diesem sauberen Weibchen von vornehmer Haltung, von vollendeten Formen zu sitzen, wenn die Nachbarn auf sie aufmerksam wurden, wenn die schwerfällige Frau eines Kaufmanns oder Arztes ihren Mann anstieß und ihm zuflüsterte: "Sieh' mal — sehr hübsch." Das schmeichelte seinem Stolz. Die netten Geschichten, die sie aus aller Welt erzählte, wirkten auf seine Seele wie Oel. Er konnte stundenlang das angenehme Geplauder ihrer Stimme hören und dabei träumen oder an seine Pläne denken.

Die Nacht umspann sein Herz mit hundert Schattenbildern. Ein Gefühl des Mißmuths vor der Zukunft

kam über ihn, der Einsamkeit, des Ueberdrusses am Leben.
Jetzt brachte er sie nach Hause, und eine Viertelstunde
später saß er in seiner elenden Junggesellenbude. Das
schmale, modrige Leipziger Hotelbett würde ihn aufnehmen,
das auf's Genaueste einem gefütterten Sarge glich... Da
saß er ganz einsam, da verbrachte er seine frischesten
Tage! Unerfüllt blieb jenes starke Bedürfniß, ein mensch=
liches Wesen um sich zu haben, inmitten stundenlanger
Arbeit einmal aufzustehen und sich durch ein freundliches
Wort, ein helles Lachen zu erquicken.... In der Nacht
würde er aufschrecken, von dummen Träumen gepeinigt,
und sich in langweiliger Einsamkeit stundenlang umher=
wälzen, ohne wieder einschlafen zu können. Ein heißer
Wunsch, eine treibende Nothwendigkeit pochte in ihm, sich
über hundert Dinge auszusprechen, die ihn bewegten, an
einem gelegentlichen, wenn auch thörichten Widerspruch
seine Gedanken festzukleben und fortzuspinnen.... Eine
Frau war ein netter Luxus. Indem man sie zu sich
nahm, bewies man seine Macht, seine Kunst, seinen Reich=
thum, erhöhte man das Vertrauen zu sich selbst....
Nicht für immer mochte' er verheirathet sein! O nein!
Das führte schließlich zum Philisterium, zur Spießbürgerei.
Die kleinlichen Tagessorgen, die dann unablässig nagend
herantrieben, unterspülten das Talent. Jede Freiheit der
Bewegung hörte auf. — Aber ein paar Monate lang
alle Stimmungen, alle Freuden des Heims auszuschmecken!
Eine dauernde Vereinigung war ja auch hier nicht mög=
lich: das beruhigte ihn. Für diese kurze Zeit aber war
auch Hetty gedient. Auch sie fühlte sich verloren, ein=
gekerkert. Sie, welche die ganze Welt durchstreift hatte,
in ein enges Bauer mit ihrer alten Mutter eingepfercht,
in die Staubwolken dieser niedrigen Leihbibliothek....
Er konnte das Abenteuer wagen. Er hatte jetzt etwas

Fünftes Kapitel.

Geld — was fehlte, mußte Krickenbach zuschießen, der ihn an seinen Verlag ketten wollte.

Je länger er den Plan drehte und wälzte, desto rasender verliebte er sich darein. Schon arbeitete er die Einzelheiten aus. Erst mußten sie reisen. Er wollte ihr eine schöne Gegend zeigen, ihr fremd, ihm bekannt, damit er sich bei jeder Ueberraschung so recht an ihrem Staunen weiden könnte. Dann wollten sie sich an einem kleinen, stillen, poetischen Orte niederlassen, wo alte, bunte Giebel auf sie herablächelten, ernste Burgen winkten, Rosenhage und Buchenwälder lockten. Zwischen zwei alten Bäumen wollten sie die Hängematte aufspannen, und er würde sie auf seine Kniee nehmen und schaukeln. Während er Vormittags bei der Arbeit saß und Scenen entwarf, in denen die Welt sich spiegelte und die die Welt in allen Fugen aufrüttelten, brachte sie das Haus in Ordnung und schmückte sich für ihn — manchmal in sein Zimmer huschend, ihm einen schnellen Kuß auf die Stirn drückend und wieder verschwindend ... dann speisten sie, reichten einander die besten Bissen zu, tranken aus einem Glase — dann hing sie sich an seinen Arm und hinaus ging's, zu alten Ruinen und schönen Aussichtspunkten, von denen sie die Welt tief unter sich liegen sahen, gleich als ob sie ihnen ganz gehörte. Um keinen andern Menschen sich kümmern, ganz für sich allein leben, mit Niemandem sprechen, nur Worte der Liebe wechseln — die Schönheit der Sünde ganz auskosten, bis zum Kelchgrund! ...

„Bei dem Wetter wollen Sie reisen?" fragte Krickenbach, als er ihm seinen Entschluß kund that, nächste Woche Leipzig zu verlassen. Der Verleger zeigte hinaus auf den wolkig trüben Himmel, auf die Wasserfäden, die beharrlich in der Luft standen und den Boden in einen wüsten, schwarzen, klebrigen Morast verwandelten. Eine frieselnde Kälte, unruhiger und unangenehmer als Eisluft, kribbelte durch Fenster und Mauern, und von Zeit zu Zeit ging ein Heulen und Aechzen durch die Gassen, als läge die Welt in Kindesnöthen.

„Das macht nichts!" sagte Robert, „da giebt's balb Frühling!"

„Warten Sie den doch lieber ab. Wohin wollen Sie denn?"

„Nach Luxemburg. Meine Adresse ist postlagernd dort."

„Wie kommen Sie denn auf Luxemburg? Was ist benn da los?"

„Es soll dort eine wunderschöne Gegend sein. Ich fahre die ganze Mosel hinauf. Ich habe schon so viel davon sprechen hören und mich immer dahin gewünscht. Den Rhein kenne ich, aber das soll noch schöner sein. Und dann — Sie wissen doch:

> Der Graf von Luxemburg
> Hat all' sein Geld verjuckt....

Ich stell' es mir da sehr lustig vor...."

„Aber jetzt ist doch noch halber Winter —"

„Am Rhein ist man um sechs Wochen voraus. Da ist jetzt Alles schon grün, ich weiß es."

„Sie werden doch erst Ihr Buch hier fertig machen?"

„Das thu' ich dort. Wissen Sie, Leipzig ist mir zu eng. Ich ersticke hier. Alles so dumpf! Ich kriege keine Gedanken, keinen Schwung. Ich brauche Horizonte, weite Aussichten, Berge, Schluchten — da gehen mir die Gedanken von selbst in's Garn. Hier ist Alles zu schwerfällig, kleinlich ... ich muß Leben und Schönheit um mich haben."

„Ich glaubte immer, das fänden Sie Alles in sich? Wofür sind Sie denn Dichter? Pfff!"

Fünftes Kapitel.

„Sie reden wie ein Verleger. Sie glauben wahrscheinlich auch, ich brauche kein Geld, ich laff' mich von der Muse aushalten. Auch das Talent verlangt Anregung ... Schönheit erzeugt Schönheit — keine Elektrizität ohne Induktion.... Wir gießen nur den Stoff in kunstvolle Formen, aber das Material müssen wir haben.... Ich reise also und hoffe, Sie schicken mir monatlich —" er nannte ein nicht unbescheidenes Sümmchen.

Krickenbach sagte schnell, beide Hände vorstreckend: „Das muß ich mir erst genau überlegen!"

Robert schüttelte den Kopf. „Daß man von Ihnen nie ein rundes Ja oder Nein erhält! Wozu die Kurven? Zuletzt thun Sie's doch — ich kenn' das ja!" Er verabschiedete sich. An der Thür stehen bleibend und sich umkehrend sagte er flüchtig: „Die Korrekturen des ‚Politischen Tingeltangels' für Frau Haba-Néra kommen an dieselbe Adresse!"

Krickenbach riß den Mund auf, aber sein Erstaunen ließ nur ein kleines „Eh —" seiner Kehle entschlüpfen. Er saß mit glotzenden Augen da.... Robert wollte den Moment benutzen, um zu verschwinden, aber Krickenbach, sich fassend, rief: „He — he — warten Sie doch — eine Minute —." Und sich dann erhebend, fragte er im Tone tiefsten Unglaubens: „Sie — sie reist also mit Ihnen —?"

„Frau Haba-Néra hat auch eine große Arbeit vor, zu der ich ihr die Anregung gegeben habe. Sie braucht gleich mir vollständige Ruhe und Zurückgezogenheit. Wir wollen ganz ungestört zusammen arbeiten, unsere Gedanken austauschen — dabei ein Stück Welt kennen lernen...."

„Sososo!"

Krickenbach kaute am Federhalter und sagte garnichts.

Alle Farbe war aus seinen Wangen gewichen. Er zupfte nervös an seinem Barte hin und her, und trieb die Luft aus den Wangen, dann warf er Robert einen wüthenden Seitenblick zu, riß eine Zigarre aus dem Kistchen und setzte sie in Brand. Robert mußte sich hart zusammennehmen, um nicht laut aufzulachen. Er kannte die Schmerzen seines Freundes. Hetty hatte ihm erzählt, wie er beständig um sie herum geschlichen war. So oft sie in sein Bureau gekommen war, hatte er die sonst stets geöffnete Thür, die nach den Zimmern der Buchhalter führte, geschlossen und sich in zweideutigen Reden bewegt, in frivolen Witzen, die nie eine Spitze fanden. Offen heraus zu reden hatte er nie den Muth. Stets fürchtete er sich etwas zu vergeben. Sie schrieb gewiß heimlich Romane, wie alle Frauen ihrer Art. Wenn sie ihm in seinen Armen einen andrehte? Verfluchte Sache, in solcher Situation Nein zu sagen!... So blieb er immer bei Andeutungen und kam nie zum Kern. Nichts wirkt auf die Frauen so verstimmend, als zaudern und präambuliren. Nichts vertragen sie weniger als Unentschlossenheit. Sie fühlen sich abgestoßen, so wie sie merken, daß Einer sich von hinten heranschleicht und der eigenen Kraft keinen siegreichen Angriff zutraut. So hatte Hetty sich bei Robert über Purzelbaum stets aufs übermüthigste lustig gemacht.

Krickenbach sog krampfhaft an seiner Zigarre und zerbiß das im Munde steckende Ende, indem er die kleinen Tabaksetzen mit der Zunge fortschleuderte. Er war empört über die Frechheit, mit der dieser junge Mann, der kein Geld hatte, der nicht schön war, ihm zuvorkam. Und jetzt sollte er noch sein Geld hergeben, damit jene beiden vergnügungstollen Zigeuner sich einen schönen Frühling machten. So dumm!

Fünftes Kapitel.

Mit lächelnder Miene wartete Robert, wie Krickenbachs Gift sich entladen würde. Es machte ihm Spaß, die Wirkungen seines Sieges, den Rückschlag zu beobachten. „Sie werden ja dort nicht arbeiten können!" sagte Purzelbaum mit so viel Ruhe, als er inzwischen wieder einfangen gekonnt. „Wenn man mit einem Frauenzimmer zusammen ist, treibt man tausend Dummheiten, aber man thut Nichts. Ich kenne das aus eigenster Erfahrung, ich hab' es sehr oft durchgemacht!" (Kecker Renommist! dachte Robert). „Ich rathe Ihnen: schreiben Sie hier erst Ihre Arbeit fertig — und dann reisen Sie wohin Sie wollen!"

Aha! sagte sich Robert, das Ungeheuer hofft noch für sich — er will die Sache hinausschleppen. Aber je mehr er selbst genießen würde, desto reicher würde seine Phantasie strömen, denn was regte sie so an wie die Liebe? Was ging das überhaupt Krickenbach an? „Im Gegentheil!" erwiderte er, klüglich auf des Andern Vorwände eingehend, „ich werde da in vollkommener ländlicher Abgeschlossenheit viel besser arbeiten. Hier in der Großstadt ist es mir zu lärmend. Man sieht zu viele Menschen, man empfängt zu viele Eindrücke, man wird zerstreut —"

Krickenbach war erstaunt, Leipzig, auf das Robert sonst fluchte, plötzlich als Großstadt preisen zu hören. Er suchte Robert zu bekämpfen, dieser widerlegte ihn, und so thaten sie, als wäre es ihnen beiden mit ihren Gründen ernst. Keiner wollte sein Visier öffnen: Krickenbach hütete sich, sein heimliches Verlangen zu zeigen — Robert, der ihn durchschaute, wollte Hetty möglichst schonen, er empfand auch Mitleid mit dem Biedern, der nie dazu kam, sich selbst zu fühlen, und so stand das Gespräch eine Zeit lang, ergebnißlos um denselben Punkt wippend. Aber Robert bemerkte, wie der Zorn in dem Verleger wieder

aufschoß, wie seine Wangen sich wieder rötheten, sein
Athem hörbar und kürzer ging — und zuletzt, unfähig
noch länger an sich zu halten, sprang er auf, schoß zur
Thür, schloß sie, und begann, mit stürmischer Heftigkeit,
rasend schnell, aber leise, fast flüsternd auf Robert einzu=
bringen, dicht vor ihm stehen bleibend: „Aber sehen Sie
denn nicht, Menschenskind, daß das ein ganz gemeines
Frauenzimmer ist, das Sie blos ausnutzen will? Sie ist
fertig, sie hat Nichts zum Leben — Sie sollen sie unter=
halten, sollen für sie arbeiten. Ich bitte Sie, wie kommen
Sie denn dazu? Sind Sie denn blind?"

Robert zuckte kühl die Achseln. „Und selbst wenn?
Warum soll ich das nicht einmal eine Zeitlang thun, wenn
es mir Vergnügen macht, wenn es mir das Bewußtsein
meiner Kraft, das Gefühl meiner Macht giebt? Zu wissen,
ein anderes Geschöpf lebt von mir, existirt überhaupt nur
durch mich — wie stärkend muß das auf mein Thun,
wie günstig auf meine Schöpfungen wirken! Ich will
an mich glauben — ich muß es, sobald Andere an mich
glauben!"

„Schließlich kommt sie Ihnen mit Heirathen, und
dann liegen Sie drin! dann können Sie nicht mehr aus
der Patsche — oder Sie opfern ein unsinniges Geld!"
schrie Krickenbach jetzt.

Robert lächelte faunisch. „Was Sie sich meinetwegen
für unnöthige Sorge machen! Diesem Falle ist vorgebeugt
— so lange sie noch verheirathet ist."

Krickenbach breitete die Arme aus und stand eine
Weile gleich einer Salzsäule, indeß Robert sich lächelnd
an seiner Wortverschlagenheit weidete. Jener lehnte
sich an das Pult, legte die Ellenbogen darauf und sagte
langsam mit schwankendem Ton: „Aber das ist ja straf=
bar. Pff! Sie können noch eingesperrt werden —".

Fünftes Kapitel.

„Puh!" lachte Robert laut und steckte die Hände in die Hosentaschen. „Das muß man wagen. Liebe ohne Gefahr ist stumpfsinnig. Wozu sind denn Sünde und Verbrechen da, als um uns Machtgefühl zu geben, als um uns zu sagen, wie viel unsere eigne Persönlichkeit werth ist, losgelöst von der ganzen Welt? Sagen Sie mir, was ist die Liebe ohne das? Eine ekle Schmutzerei. Darin allein beruht ja der Reiz, die Göttlichkeit der Liebe, der Sünde, des Abenteuers. Kein Vergnügen ohne Gefahr. Das allein entsündigt die Sünde. Immer unter Waffen! das ist der Wahlspruch der echten, der aufregenden, der verbrecherischen Liebe!"

„Sie sind verrückt. Sie sind komplett verrückt!" Er faßte sich an den Kopf und rannte ächzend im Zimmer umher.

„Wenn ich nicht noch das bischen Verrücktheit besäße, hätte ich mir schon längst das Leben genommen!" erwiderte Robert höchst phlegmatisch. „Das Leben ist so dumm, daß nur unsere Verrücktheit es erträglich macht!"

Krickenbach lief schimpfend weiter im Zimmer umher — sehr oft blieb er vor ihm stehen und gestikulirte ihm unter der Nase herum: „Aber sagen Sie sich doch selbst: was kann an einem solchen Weibe dran sein, das einen Mann hat und mit Ihnen durchgeht? Das kann doch nur eine Dirne sein. So viel Vernunft müssen Sie doch haben, um sich das zu sagen!"

„Ja — ich müßte es mir eigentlich sagen," entgegnete Robert immer mit demselben ruhigen Humor. „Aber man muß alle Sorten Frauen kennen lernen. Sie hat Temperament — mehr verlange ich im Augenblick nicht. Und sie muß mich doch lieben. Wie ginge sie sonst mit mir? Ich kann ihr doch gar Nichts bieten. Und Dirne? Ich finde, eine geniale Dirne ist das Schönste und Seltenste, was man haben kann. Ein Weib von Temperament wird sich in keine bürgerliche Langweile fügen."

"Sie zieht Sie hinab. Wer sich zu Circens Füßen legt, wird zum Schweine! ... Hähä!"

"Wie können Sie so über eine Dame sprechen, von der Sie einst selbst so sehr geschwärmt haben — so lange Sie noch hofften, bei ihr Ihr Glück zu finden? Sie beleidigen sich selbst. Wenn ich Sie nicht kennen würde, so forderte ich Sie — jetzt kann ich nur sagen: Sie sollten zu vornehm sein, um dem Schmerz Ihrer Enttäuschung so krasse Formen zu geben."

"Schmerz der Enttäuschung! Hähä! Ich habe mich für sie interessirt, so lange ich sie eben nicht erkannt hatte. Hübsch ist sie, gewiß. Ihrem Geschmack alle Ehre! Aber seien Sie doch nicht blind — verheirathet sein und mit einem fremden Manne reisen: das thut doch keine anständige Frau. Hähä!"

"Mag sie für Sie sein, was Sie wollen — für mich ist sie eine Göttin und ich möchte sie in Gold fassen.... Sie ist genial, sie hat ihre eigene Moral. Das ist der Standpunkt, auf dem eben ein ganzer Theil unserer Offiziersdamen steht, die doch gewiß die höchste Achtung der Welt besitzen: ‚Ich darf mir Alles erlauben, ich bin die Soundso, ich habe höhere Rechte als die Plebs und nichts nach dieser zu fragen'. Bedenken Sie doch, eine Frau, die so viel in der Welt umhergekommen ist, die so viel erfahren hat, die mit den geistreichsten Menschen von Europa befreundet war, die selbst höchste Politik getrieben hat, wenn auch nur als Hülfsrad, die das internationale Leben an seinen Quellen studirte — die kann man nicht mit dem Maßstab unser Kinderstubenmoral messen. Solch eine Frau trägt wie eine Göttin ihre Moral in ihrem eigenen Gewissen — sie sagt sich: ‚mir ist Alles erlaubt, was meiner Natur entspricht'. — Das kann der Philister nicht begreifen, dazu muß man selbst göttliche Freiheit in sich fühlen.... Diese Frau ist gewöhnt, Freiheit zu athmen. Ein Irrthum, eine unglückliche Ehe nahm sie ihr. Sie lechzt darnach, sie wiederzugewinnen.... Sie kommt mir vor, wie die gefangene und gefesselte Freia.... Sie glaubt an mich, sie glaubt in mir eine Erlösung zu finden, sie sieht in mir mit Recht oder Unrecht den einzigen lebenden freien Geist in Deutschland, den Einzigen, der ihr das Verlorene wiedergeben kann. Auf meinen Flügeln soll ich die gestützte Göttin emportragen in den alten, verlorenen Himmel. Wie soll ein verknöcherter Kontortyrann sich eine Vorstellung von den Gefühlen machen, die in uns Beiden branden? Mit Zinstabellen und doppelter Buchführung muß man da freilich scheitern...." Er hielt einen Augenblick inne, fuhr aber, als Krickenbach reden wollte, eifrig fort: „Ich glaub's, Sie meinen's gut mit mir. Ich begreife Ihren Standpunkt — aber der Biber paßt schlecht zum Mentor des Adlers. Darum sorgen Sie nicht um meine Moral, Krickenbüchlein!" Er lachte laut. „An der ist — für Sie! — nichts mehr zu verderben!"

„Ja, Sie sind jung. Ich muß für Sie sorgen. Ich bin Ihr geistiger Pflegevater. Ich muß Sie der Literatur erhalten. Sie müssen noch viel Schönes schaffen. Was Sie da vorhaben, das ist Gemeinheit, das ist Unmoral, das darf ich nicht dulden — schon als Bürger nicht. Und wissen Sie, wenn Sie von Ihrer Verrücktheit nicht abgehen, gebe ich Ihnen keinen Pfennig. Wenn Ihr neues Buch fertig erscheint, dann steht Ihnen Ihr Honorar natürlich zur Verfügung. Aber keinen Tag und keinen Groschen früher! Pff!" Er drückte wieder mit dem Finger die Luft aus den Wangen.

„Glauben Sie, daß mich das hindern wird? Es giebt noch gute Seelen, die für das Hohe, Herrliche erglühen und für Einen, der was kann, anpumpabel sind. Aber" — und er legte seine Hand auf Krickenbach's Schulter — „es ist schmerzlich, zu sehen, was aus einem Biedermanne der Neid machen kann!"

Damit empfahl er sich. Der Verleger riß nochmals die Thür auf und schrie ihm nach: „Wenn Sie mit der Person reisen, dann ist's aus zwischen uns!" — —

Der einzige Einwand, den Hetty gegen den Plan dieser Reise zu machen gehabt hatte, war die Befürchtung, ihre Mutter könne mit einem Verbot dazwischentreten. Sie mochte die Trennung von der Tochter, dem einzigen Wesen, das ihr noch nahestand, schwer ertragen — sie mochte an dem Abenteuer selbst Anstoß nehmen. Robert, der sich unangenehme Auseinandersetzungen nach Möglichkeit ersparte — Scenen, wie die mit Krickenbach bereiteten ihm Spaß —, der namentlich mit den Müttern seiner Geliebten Zusammentreffen gern vermied, weil ihn die künstliche Empfindsamkeit anwiderte, die dabei meist zu Tage gefördert ward, hatte Hetty ersucht, die Angelegenheit mit ihrer Mutter ganz allein zu ordnen, er wolle Nichts damit zu thun haben.

Zwei Tage später kam sie denn auch mit der Mittheilung: „Mama ist mit Allem einverstanden." Er brummte nur ein „Also schön!" vor sich hin, ohne sie zu fragen, wie sie das fertig bekommen und was sie der Mutter vermuthlich vorgelogen. Es war ihm ganz gleich, er wollte sich die Aesthetik des Genusses, von dem er träumte, durch Nichts trüben lassen. Er fügte nur hinzu: „Also nächste Woche geht's ab."

Der Zug nach dem Rhein verließ Leipzig in aller Morgenfrühe. Mit glühendem Kusse hatten sie sich am

Abend vorher getrennt. „Vergiß nicht, Herz! Um halb sieben morgen früh auf dem Bahnhofe."

„Nein, nein, ich bin pünktlich!"

„Laß Dich wecken!"

„Mama ist schon auf."

„Gut' Nacht, Schatz!"

„Gut' Nacht, Du mein Alles, mein Leben, meine Seligkeit!" Sie konnte sich kaum losreißen.

Um sechs Uhr war er schon in der Vorhalle des Bahnhofs, löste die Fahrkarten — sah sich dann um, trat auf die Treppenwange und blickte die Straße entlang. Wie todt lag sie da — die langen, schmucklosen Häuserreihen mit den herabgelassenen Vorhängen schienen im Schlaf zusammengeknickt. Das Blut stieg ihm in die Wangen. Wenn sie nun nicht kam? Wenn sie ihn nur genarrt hatte?... Nichts als der dumme Gedanke stieg in ihm auf: „Ob der Mann am Schalter dann die Karten zurücknimmt?"... Er hatte nie an die Möglichkeit eines Wortbruchs gedacht. Aber sie war schließlich ein Weib... dann war er lächerlich, unmöglich — — Während ihm plötzlich heiß und kalt wurde, rüttelte mit gewohnter Langsamkeit eine Leipziger Droschke heran... das einzige Leben in der ganzen Straße... und das Pferd, der Kutscher wie verschlafen, der Kasten von einer Seite zur andern torkelnd.... Aber auf dem Bock erkannte er den Korb, den er so oft in Hetty's Zimmer gesehen. Er stieß einen Jubelruf aus, er schämte sich, er stürmte, sein Tuch schwingend, dem Gefährt entgegen, öffnete den Schlag, half ihr hinaus, vor Aufregung zitternd. Wenig fehlte, daß er ihr um den Hals fiel.

Sie sprang athemlos die Treppe hinauf. „Fort! Still!" hauchte sie. Oben stand sie leichenblaß, wankend, mit geschlossenen Augen.

„Was — was ist —"

„Niedermayer hat mich fahren gesehen, er ist mir an der Ecke begegnet — er hat gewiß spionirt —"

Robert umschlang sie. „Laß den Schuft!" sagte er zärtlich. „All' das liegt jetzt hinter Dir. Von jetzt ab giebt's auf der Welt nur uns Beide — und die Sonne! Sieh' wie schön sie hervorkommt! Einen echten Frühlings=tag bereitet sie uns heut, den ersten dieses Jahres. In ihrem Zeichen gehen wir in die Welt. Die Sonne ist die Liebe."

II. Theil.
Das Weib.

Sechstes Kapitel.

Am späten Nachmittag kamen sie in Koblenz an. Robert hatte beschlossen, hier zu übernachten. Der behagliche, kleine Gasthof, in dem er früher so oft abgestiegen war und nach dem er, treuer Stammgast, wieder fuhr, hatte sich seit dem letzten Jahre zum modischen Grand Hôtel gewandelt. Lorbeerbäume in Kübeln säumten die Thür, ein kaltes und leeres Café prunkte im Erdgeschoß, Glühlichter blitzten, Livreen räkelten sich hinter dem Eingang. Statt des weinfröhlichen, wohlhäbigen Rheinländers empfing ein steifer und kalter Kosmopolit die Fragenden. Widerwillig verzog Robert die Miene, aber die Rücksicht auf die an seinem Arme Hängende, auf das mitgeführte Gepäck zerdrückte seine Absicht, den Fuß weiter zu setzen. So stiegen sie die Treppe hinauf, umschwärmt von zudringlichen Boys in äffischen Jacken. Als der befrackte Herold das empfohlene Zimmer öffnete, fuhr Hetty mit grellem Aufkreischen zurück: auf dem Tische hatte sie einen Todtenkranz bemerkt. Das Ungeschick der Wirthschafterin mochte ihn dahin verlegt haben. So rasch der Kellner ihn zu entfernen stürzte, war Hetty doch durch keinen Zuspruch zu bewegen, diesen Raum zu betreten, und man mußte das einzige noch freie Zimmer besetzen, das groß und öde, halb Saal, halb Gruft, aus seinen kalten Wänden, seinen noch nach dem Magazin riechenden Möbeln den Athem der Unbehaglichkeit hauchte. Müde, überhungert, verstimmt speisten sie in der einsamen Hôtelrestauration, deren abweisende Pracht nur bestimmt schien, den theuren Preisen Vorwand zu geben. Das Fleisch war zäh, der Wein sauer, und zäh und sauer war ihr Gespräch. Dann stiegen sie hinauf zu früher Ruhe. Die glühende Birne erhellte dürftig die Mitte des öden Gemachs.

Zum ersten Male vereinte sie derselbe Raum, wölbte sich eine Decke über ihrem Schlummer, gleich als wären sie Mann und Frau, und schirmte mit bürgerlicher Gelassenheit das zigeunerhafte Beisammensein, das sie dem wohlpolizirten Leben betrügerisch abgestohlen. Aber Robert fehlte zu seiner eigenen Verwunderung jener Jubel, in dem sein Herz sonst bei jedem leicht errungenen Triumphe über spießerliche Engmoral hüpfte, er erstaunte nicht über die fröhliche und neue Stunde, ihm kam die Lage selbstverständlich und alltäglich vor, er fühlte sich wirklich verheirathet, und schon seit Langem. Mit ruhiger und leichter Hand schrieb er dem anklopfenden Kellner in's Fremdenbuch:

Robert Schneider und Frau	Schriftsteller	Leipzig

und frei von jedem geheimen Schauer überraschender Wirklichkeitspoesie löschte er das Licht. — —

Ueppiger Sonnenschein schnellte ihn aus dem Morgenschlafe — er sprang auf, voll schäumender Daseinsfreude, und küßte Hetty wach. „Rasch! Zieh' Dich an!" rief er,

Sechstes Kapitel.

„der Rhein wartet!" Er trieb Possen mit ihr, versteckte ihr Kleidungsstücke, erzählte Witze, spritzte Seifenschaum nach ihr und trieb sie zur Eile. Er konnte kaum erwarten, jene lachende Welt von Schönheit wiederzusehen, in der er so oft gesonnen und geträumt, er war auf's Höchste gespannt zu erfahren, wie all' der Zauber an lieber Frauen Seite genossen sich ausnähme. Er liebte Hetty, er zweifelte nicht daran: er küßte sie, versprach ihr die blühendste Zukunft und war von ihrem Glück berauscht. Sie frühstückten drunten im Café und überboten sich in Scherzen über dessen verschlafene Leere. Dann gingen sie Arm in Arm hinab zum Strande. Er wies ihr die Schiffbrücke, den „Riesen", in dem Freiligrath mit seiner Muse zusammen geheimt, und drüben den selbstbewußten Rücken des Ehrenbreitstein mit den kernigen Mauern, an denen die Sonne fluthend spielte, das Deutsche Eck und den alten Dom. In den Rheinanlagen wandelten sie und hielten vor jedem Strauch und priesen die schwellenden Zweige, um die es von grüngelbem Flaum und braunklebrigen Spruten quoll und wogte. Ueber die hochschwebenden Brücken bonnerten zischend die eisernen Schlangen und über die wallende, tanzende Ebene zogen die ruhig gleitenden Ungeheuer glitzernde Bahnen. Und Hetty stand und die Thränen florten das Auge und sie umschlang ihn und flüsterte: „Es ist wie ein Märchen."

„Du freust Dich, Schatz?"

„Ob ich mich freue!"

„Du liebst mich?"

„Du frägst mich?"

„Bist glücklich?"

„Ah — so!" —

Der Mittagszug sollte sie die Mosel hinaufführen. Er ließ im Hôtel Rechnung machen. Er erschrak, als er

nach der Summe sah. Das war nicht möglich — das
war das Dreifache seines gewöhnlichen Hôtelkonto.
Frecher Betrug!... Ach nein — Alles stimmte: die Sätze
hoch, doch Nichts unberechtigt.... Freilich, freilich... er
war ja jetzt verheirathet. Er lächelte, zahlte, lächelte...
verlegen... wenn das so fortging... Bah, auch das
würde sich finden. Nur keine Sorgen, kein Kopfzerbrechen...
Der Hausknecht brachte das Gepäck zur Bahn, er ging
mit Hetty zu Fuß, er fand es schöner und Hetty billiger....
Unterwegs kaufte er ihr Veilchen... ihre Züge erstrahlten
vor überirdischer Wonne... ein thränengefaßtes, himm=
lisches Lächeln: „Die ersten Veilchen von Dir!" sagte sie,
und küßte sie und steckte sie an die Brust. Er schämte
sich fast, sie nur gekauft, nicht auch gepflückt zu haben. —

Der dampfende Drachen trug sie weiter. Die Hügel=
ketten schoben sich zusammen, öffneten sich zu weiten
Becken, engten sich plötzlich wieder: überall neues Grün,
das den Boden bewucherte, schmale freundliche Häuser=
nester, zwischen Fluß und Fels sorgsam geklebt, die
braunen Weinstöcke, vom Gewebe der ersten grünen
Spitzen vorsichtig überhaucht, auf jedem Bergeckchen müh=
sam gebeugte Menschen, arbeitend und doch heiter. Zwischen
Sonne und Erde schienen sich feine graue Schleierhänge
zu schieben, frisch und silbern, und haschen mit den
Strahlen zu spielen, die sie hin und hertrieben, durch=
bohrten, an ihnen vorbeischossen.

Das war ein Wandern und Scherzen im langen
Moselthal, kreuz und quer, bergauf und ab! Wo über
blaugrau blitzenden Schieferdächern und rauchenden Ka=
minen eines weinlustigen Uferstädtchens hoch auf vor=
springender Klippe eine alte Burg trotzte, mit mürrischen
Thürmen und übermüthigen Zinnen, die im anpreisenden
Sonnenstrahl glänzten, da sagten sie dem gefälligen

Sechstes Kapitel.

Schaffner ihr „Halt!", und indeß das eiserne Gürtelthier unaufhaltsam wieder in's Land fauchte und hinter der nächsten Gebirgsrippe verschwand, wanden sie sich schon mit dem krausen Wege empor, der freien Brücke zu und dem gähnenden Thormaul. Dann schauten sie aus gekehlten Fensterbögen über klaffende Gründe, über Wälder, deren Häupter neigend ihre Grüße erwiderten, über den Fluß, der listig hinaufblinzelte, über die gemüthlichen Straßenwinkel, die weinduftenden Häuser, die sie herunterwinkten und ihnen zuzulachen schienen: „Kommt, seid fröhlich, erfreut Euch des göttlichen Landes; gute Leute wohnen hier, die das Dasein genießen, die allen Menschen das Beste gönnen und nach langweiligen Formen und unnützen Papieren nicht fragen!" Staunend durchmaßen sie die fliesengeflasterten Hallen und standen bewundernd vor blanken Rüstungen und seltsamen Waffen. Worte geweihter Sänger wurden Robert lebendig und unter gothischen Spitzbogen und zerschossenen Fahnen sprach er ihr die unsterblichen Verse, die sie nicht kannte:

> Da drängte sich frohes Behagen
> Hervor aus veröbeter Ruh',
> Da ging's wie in alten Tagen
> Recht feierlich wieder zu;
>
> Als wären für stattliche Gäste
> Die weitesten Räume bereit,
> Als käm' ein Pärchen gegangen
> Aus jener tüchtigen Zeit;
>
> Als stünd' in seiner Kapelle
> Der würdige Pfaffe schon da,
> Und fragte: Wollt Ihr einander?
> Wir aber lächelten: Ja!

Sie legte die Arme um seinen Hals und feuchtschimmernden Auges, mit verklärtem Lächeln fragte sie ihn leise: „Ja?" und er zog sie an sich und küßte sie. Und sie waren sehr glücklich.

Er freute sich, wie gut sie Berge klettern konnte, er strahlte, eine so tapfere und aushaltende Frau zu haben, und sie war stolz, ihm Kräfte zu zeigen, die er ihrer zarten Erscheinung nicht zugetraut hätte. Aber beglückter noch war er, wenn sie für Minuten erschöpft sich auf seinen Arm stützen mußte, wenn er sie emportragen durfte zu reineren Höhen über der Menschen dumpfen Dunst, wenn sie ganz sich ihm vertraute und sie zwei dann oben allein standen, sie selig an ihn geschmiegt, ihre Zukunft, ihr Hoffen seinen Händen übergeben, und wenn er nur dem Genuß des Augenblicks nachhängend für eine kurze Weile glauben durfte, sie beide seien ganz allein auf der Welt und sie gehöre ihnen, diese Erde da unten voll Ruhe, Reiz und Einsamkeit, und das einzige Leben außer dem seinen darin hänge nur an seinem Leben, empfange Dasein nur von ihm, sei sein Werk und Besitz. Er dachte nicht mehr an seine Arbeiten, seine Kämpfe, seine schmerzenreiche Vergangenheit, seine schwüle Zukunft, nicht an den Ausgang seines Abenteuers: er fühlte nur die Frühlingsfrische seines Osterglücks, er sog sich ganz voll von der heitren Bergluft, er dehnte sich in der jungen Aprilsonne, er folgte den milden, verhallenden Glockenschwingungen, die sich in breiten Wellenkreisen im blaugrauen Duft der eingeschnittenen Seitenthäler verloren. Zum ersten Mal empfand er eine reine Freude am Dasein, ohne jede bittere Zuthat, eine wohlige Behaglichkeit, deren Preis ihn nicht einmal winzige Schmerzensstiche lehrten. Er war glücklich, ohne es zu fühlen, ohne es sich bewußt zu werden; sein sonst immer ernstes Gesicht war heiter, ohne daß er es besonders wollte; er stellte sich nicht vor, daß ihm das Leben jemals anders war, anders werden könnte, er glaubte, daß Alles ganz so bleiben würde, wie es ihn augenblicklich umgab. Eine wohlige Ruhe erfüllte ihn ganz: Stunden und Tage hätte er so hier hoch oben bleiben können, immer in die duftende Ferne schauend, immer Hettys Hand in der seinen, ohne das geringste Verlangen nach einer Veränderung.

Sie kamen nach Trier und schlugen in einem alten aber sauberen Gasthofe ihr Nest auf, der ihnen recht die Vorstellungen der breiten Behaglichkeit vergangener Jahrzehnte, das beruhigende Gefühl gesicherter Gutbürgerlichkeit spendete. Sie freuten sich des guten und billigen Weins und der weißen Vorhänge um die Betten. Sie kamen sich vor, wie ein wackres Spießerpärchen, er ein Fabrikant oder Kaufmann, sie seine rechtmäßig angetraute Frau, die vorgestern vom Elternsegen begleitet ihre Hochzeitsreise angetreten. Das Römerthor durchschritten sie und kletterten umher in den epheubesponnenen Ruinen des Kaiserpalasts. Er führte, hob, schob sie, sorgsam achtend, daß sie in den halbdunklen Gängen an keinem Steine sich verletzte. Ueberall Heiterkeit, Sonnenschein, Frühling, junges Grün. Wie ein großes Wandelpanorama zog das helle Moselthal an ihnen vorüber, als gäbe die Natur in ihrer Freude über das seltene Glück zweier Menschenkinder, die nichts als einander besitzen wollten, aus ihren besten Schätzen eine Sondervorstellung, das schönste ihrer Schauspiele, da sie ihnen Geld und Gut nicht anzubieten wagte. Der feine Anflug stiller Wehmuth, der ihn aus Hettys zarten Mienen oft mit so schmerzlichem Reiz getroffen, war verhaucht: sie hoffte, sie glühte, sie genas, das Leben schien ihr ganz Sorglosigkeit und Freude, ihre lieben Augen strahlten von einer lustigen Zufriedenheit, die durch Dankbarkeit gemildert und vertieft schien, und wenn Robert an den wohlgeschweiften Bogen der grau-

grünlichen Berge sich satt gesehen, schöpfte er den Wechsel
neuer Freude aus ihrem beglückten Gesicht, dessen bleiben=
des Lächeln ein ununterbrochener Dank für all' diese
Frühlingsfreuden war, die er ihr bereitete. Er hatte ihr
Hoffnung, Vertrauen, Freude, das Leben wiedergegeben,
sein Entschluß hatte sie aus der trüben Eintönigkeit ihres
winterlichen Stubendaseins in diese Welt der Herrlichkeit
versetzt, und indem sie in seinem Arm hängend sich eng
an ihn schmiegte, schien jeder Athemzug ein stilles Ge=
loben, ihm für so viel Liebe ihre ganze Existenz zu weihen,
ihre Kraft, ihr Denken, Leib und Seele. Sie dachte
daran, wie schrecklich es gewesen wäre, jetzt da der Früh=
ling in's Land brauste, in der engen, dumpfen Leih=
bibliothek daheim hocken zu müssen, die larvenhafte Ein=
tönigkeit nur bisweilen durch einen Gang über die stickigen
Straßen unterbrechend.

Und so fühlten sie sich Einer im Andern glücklich
und durch den Andern: so sah er in ihrer Befreiung die
Kraft seines Könnens, die Verheißungen seiner Zukunft
— wußte sie sich geliebt und noch liebenswerth, frei und
stark, und wieder jenen großen Eindrücken heimgegeben,
an die sie seit der frühen Jugend gewöhnt war und aus
denen sie eine Unvorsichtigkeit für immer gestürzt zu haben
schien. Ihr dünkte, als sei ein Fluch von ihr genommen,
ein Gefängniß aufgesprungen, als sei sie wieder die tolle
Soldatentochter von einst, deren Lebenslust keine Schranken
kannte, ihr war, als müsse nun Alles wieder kommen, was
ihr im langen Dulden zermorscht war: Ehrgeiz, Ueber=
muth, Weltdurchstreifen, Befehlen, Herrschen — und er,
der Glühende, Begeisterte, Welterfassende, der Dichter, er=
schien ihr wie der Erlöser auf Erden. —

Trier ist nicht nur die duftende Moselblume, es ist
auch die leuchtende und klingende Hauptkapelle der viel=

gekreuzten Thäler des Westens. Wie ein gebietendes Herrenschloß reckt sich des Bischofs mauerngeschirmter Sitz weit, stolz und verschlossen. Von Ecke zu Ecke stemmen derbe Thürme sich auf als Wächter bilderglänzender Bogenfenster und halbdunkler Pfeilerhallen. Aus einem Dutzend schwingender Quellen brach über den ganzen Dächerwald hin das weiche Ostergeriesel mahnender Töne auf, und unentwirrbar kreuzten sich die Wogen. Durch offene Schlünde stürzte sich die trippelnde Menge in ahnungsschwüle Dämmerungen, um hinter flämmchendurchflimmerten Wohlgeruchswolken der Wachskerzen und des Weihrauchs zu verschwinden; und eintönige Fetzen langgezogener Takte, vom hochverschrankten Chor losgerissen, trieben sich irrend auf den frischgefegten Plätzen umher und versuchten, mit verspätet dahineilenden Schwarzröcken mühsam Schritt haltend, durch nähere Hinterpforten heimlich in den wallenden Kessel zurückzuschlüpfen, von der gleichgiltigen Draußenwelt befremdet.

Wo nur immer ein Bogenspalt, von staubgeschwärzten Heiligen beschildert, aufklappte und Roberts zweifelnder Neugier Durchgang zum leuchtenden Dunst, zum klingenden Brausen und stummen Gewoge drinnen gab, schlüpfte Hetty hinein, flink wie eine Eidechse, und indeß er langsam folgte, zögerndes Lächeln um die Lippen, hatte sie schon Paradies und Vorhalle durchschwebt, Stirn und Brust das heilige Feuchtkreuz aufgetupft und die inneren Thürflügel schmal gespalten.

Sie sog den betäubenden Qualm mit sichtlicher Wolllust ein, sie schien nach dem dumpfen Druck gebangt zu haben, ihre Augen leuchteten, ihr Körper zitterte und ohne noch einmal nach Robert zu blicken, warf sie sich vor dem nächsten Altar nieder, den Kopf gesenkt, die Hände gefaltet, mit einer stürmischen Inbrunst sich zu erniedrigen.

Er bemerkte auf ihren Zügen jenes selige Lächeln erwünschter Vergessenheit, beglückter Wehrlosigkeit, jene Bläſſe leidenſchaftlicher Selbſtentäußerung, er hörte jenen tiefgeholten Athem grenzenloſer Hingabe, wie er ſie nur während der innigſten Augenblicke in ſeinen Armen bemerkt hatte. Sie ſchleifte ihn von Altar zu Altar, von Kapelle zu Kapelle, von Kirche zu Kirche durch dicke Menſchenmaſſen, die planlos umherlagen, wie träumend, wie trunken, bei halbem Bewußtſein, unaufhörlich zu ſtummem Gebet die Lippen rührend und kaum bemerkend, was um ſie, was mit ihnen geſchah. Ueberall warf ſie ſich nieder, ohne Rückſicht auf die Umherliegenden, die Vorübergehenden, und weder ſie noch dieſe ſchienen Stöße und Drucke nur zu fühlen. Aber indem ſie aus ihrer räthſelhaften Verzauberung ſich erhob und ihn zum nächſten Heiligenſitz führte, beſaß ſie ſchon wieder Faſſung genug, ihm ſchnelle Beobachtungen über die Umgebung, die Beterinnen, die Charakterzüge der Prieſter, die Ausſchmückung der Halle zuzuraunen. Doch Angeſichts des nächſten Heiligen ſchwand die ſchnell aufgeflackerte Weltlichkeit wie fortgeblaſen, und ehe er ſich's verſehen, lag ſie wieder auf den Knieen, ganz Demuth, blaß, gebrochen, vernichtet, mit bebenden Lippen.

Er erhob gegen ihre Frömmigkeit keinen Einſpruch. Einen Troſt, eine Rechtfertigung mußte die liebliche Sünderin doch haben; und wenn ihr dieſe frommen Uebungen den Muth gaben, ihn mit der letzten faſt ſchrankenloſen Leidenſchaft zu lieben — wie willkommen wollte er ſie heißen! Eiferſüchtig auf Gott ſein? Nein, das war gewiß die glitſchigſte Stufe dieſer unproduktiven Leidenſchaft. Er war, ſo lange er ſelbſtſtändig denken konnte, ruhig neben Gott hergegangen, indem er ſich ſagte: „Wenn ich ſeiner bedarf, werde ich mich melden —

Sechstes Kapitel.

wenn er meiner bedarf, mag er sich melden!' Er leugnete nicht, er zweifelte nicht — denn Gott hatte ihm bisher noch keinen Schaden gethan, alle Unfälle wußte er auf irdische Gründe zurückzuführen. Er hatte keine Ursache, ein Wesen zu kränken, das ihm nie Böses zugefügt. Er liebte es, vor den großen Räthseln der Natur stehen zu bleiben und fand es erhebender, keine Erklärung für sie zu wissen. Aber er begriff bei Anderen, und zumal bei Frauen, durchaus die Sehnsucht des Glaubens, er gönnte ihrer fiebernden Unsicherheit das große Tonikum und er hätte den für einen Thoren gehalten, der durstete und sich vor dem Wasser scheute. Und so reichte er Hetty, wenn sie die Stationen eines Gotteshauses durchgekniet hatte, ruhig den Arm, ohne die Miene zu verziehen, und führte sie zur nächsten Kirche, um, während sie die Gottesmutter schockweise mit Grüßen beschoß, an den Haltungen und Zügen der versammelten Beter seine stillen Beobachtungen zu machen.

Hetty schien seine Zurückhaltung mit stummer Anerkennung zu lohnen, denn nachdem sie sich mit ihren Gottheiten auseinandergesetzt, warf sie sich ihrem geliebten Heiden um so stürmischer in die Arme und entschädigte ihn für die Unbequemlichkeiten des mehrfachen Wartens durch die zärtlichsten Liebesworte, die hingebendsten Umarmungen. Während er eine männliche Zurückhaltung nie ablegte, war sie ganz Weib, das nur in ihm lebte. Gott schien dann zeitweilig für sie abgethan, sie betete nur ihn an, nannte ihn ihren Erlöser, ihr Höchstes, ihr Idol, ihre Kirche, ihren Schutzheiligen, dem sie blindlings vertraue, auf dessen Befehl sie in's Wasser springen würde. Sie fand jeden Stein, jede Blume wunderbar, auf die er sie aufmerksam machte, und hörte doch nicht auf, ihn heimlich zu drängen, möglichst bald im verschwiegenen

Gasthofzimmer wieder mit ihm allein zu sein. Sie sog seine Worte wie Offenbarungen ein, seine Küsse wie das Brot des ewigen Lebens. Sie gab sich heiter bis zur Ausgelassenheit, machte die drolligsten Bemerkungen über Vorübergehende, über Leute im Gasthofe, über die Dienstboten, drehte und wirbelte an seinem Schnurrbart und erzählte dazwischen seltsame Geschichten aus dem Elsaß, ihrer Jugendheimath, oder von ewig betrunkenen serbischen Staatsmännern und verliebten Pariser Anarchisten.

Sie lebten in einem beständigen Frühlingsrausch, leicht und heiter, wie der helle Wein der Mosel, in einem Dunstkreise von reinem Sauerstoff, gänzlich gelöst von harter Erdenschwere. Robert dachte gar nicht mehr daran, daß er in einer großen, schwierigen, wichtigen Arbeit stand, sie schien aus seinem Gehirn völlig ausgeschaltet. Nicht der leiseste Gedanke an seine Zukunft drängte sich ihm auf: er wünschte nur immer so fort zu leben, er ersehnte für Hetty und sich den Zaubertrank einer ewigen Jugend, er suchte sorgsam Alles zusammenzutragen, was seine fröhliche Stimmung festigen und erhalten konnte. Er vermied sogar, seine Briefe von der Post abzuholen, er wollte durch Nichts an die Vergangenheit, die Geschäfte, die Arbeit, die Welt erinnert werden.

Nur gelegentlich kamen Beide, Dank einem Zufall, auf Krickenbach zu sprechen und ergingen sich in schnöden Scherzen.

„Halt ein, halt ein!" rief er ihr zu, als sie ironisch das Glück des armen Wesens gepriesen, das als seine Frau alle seine Launen und Schrullen aushalten mußte, „Du weißt nicht, wen Du lästerst! Deinen Anbeter! Jetzt will ich's Dir nur sagen: er liebte Dich und hätte viel darum gegeben, Dich zu besitzen."

„Wie viel?"

Sechstes Kapitel.

„Na — mindestens ein Manuskript von Robert Schneider."

„Ach, der Aermste! Er wird vor Trauer mager werden! Die Kugel wird sich zur Linie auflösen! Er wird aus Gram jeden Tag ein halb Dutzend Purzelbäume schießen, er wird seiner Schwägerin die Suppe vor die Füße schütten und dem Papagei den Hals umdrehen. Er wird die Manuskripte von seinem Markthelfer lesen lassen, weil ihn die Liebe blind gemacht hat, und das Publikum wird sich wundern, wie guten Geschmack der Krickenbach'sche Verlag auf einmal entwickelt...."

„Du!" Er drohte ihr mit dem Finger.

Indem sie Krickenbachs gedachte, erinnerte sie sich Leipzigs und ihrer Mutter, die sich gewiß in Sorgen und Noth mühte, indeß sie sich am Leben freute und sogar ihr ein Wort des Grußes zu senden vergaß. Er beruhigte sie. „Deine Mutter weiß ja, daß Du in gutem Schutze bist." Aber ihn plagte nun doch die Neugier. „Sag' mal — was hast Du eigentlich Deiner Mutter gesagt?" fragte er. Hetty lächelte: „Beunruhige Dich nicht. Sie glaubt, wir reisen wie Bruder und Schwester. Du bist mein Kavalier — nichts weiter."

Er zweifelte eigentlich an diesem Köhlerglauben, der ihm für eine erfahrene Offizierswittwe doch etwas gar zu dick vorkam. Aber er äußerte nichts und dachte auch weiter nichts, denn was ging ihn am Ende die würdige Dame an? Mochte sie denken, was sie wollte. Er sagte nur kurz: „Schreib' ihr doch ein paar Zeilen und grüße von mir!"

Während sie dann oben saß und schrieb, ging er in ein Restaurant um eine Zeitung zu lesen, denn seit seiner Abreise hatte er keine zu Gesicht bekommen. Als er sein

Vier bezahlte, warf er einen zufälligen Blick auf seine
Baarschaft. Er zählte — und zählte stutzend wieder,
dann rechnete er in seinem Notizbuch ... sie hatten doch so
zurückhaltend gelebt, sich nur die bürgerlichsten Genüsse
gegönnt, und doch war ein anständiges Sümmchen ver=
braucht. Er pflegte davon zwei Reisen zu bestreiten.
Aber freilich ... allein! ... Er drehte seinen Schnurrbart,
er sann nach, dann stieg er langsam wieder empor. Er
war nicht gewohnt, sich in Geldsachen Sorgen zu machen;
er fand seit je in dem blinden Vertrauen auf den kommen=
den Tag, in der Zuversicht auf eine ausreichende Wendung
der letzten Sekunde die schönste, die „römische" Seite des
Christenthums, und sich selbst darin ganz Christ — aber es
wäre ihm doch fürchterlich gewesen, Hetty auch nur einen
Tag des Entbehrens erdulden zu lassen. Er sah für die
nächste Zukunft eigentlich gar keine fließenden Quellen
vor sich.

Als beide zu Bett gegangen und das Licht schon
längst gelöscht war, lag er noch wach. „Wie schiebe ich
das?" klang es mit gedehntem Moll in seinem Gemüth.
Und mit einem Male stürmte, er wußte nicht woher, in
diese tiefen Akkorde der wilde Galopp korybantischer Ge=
stalten. Trotzige, singende Gruppen tauchten vor seinen
Augen auf, mit blutvoller, runder Deutlichkeit — er kannte
sie: die kämpfenden, sterbenden, aufsässigen Helden seines
neuen Werkes. Sie schienen ihn an die Locken zu fassen,
ihm zuzuschreien: „Warum vernachlässigst Du uns einem
weichen, leichtsinnigen Geschöpf zu Liebe? Du hast uns
angefangen, laß uns nicht dieses halbe Dasein, dieses
zweifelnde Traumleben führen — sage uns, ob wir sind —
vernichte uns oder vollende uns!" Ein Wirbelwind warf
ihn umher — hundert Gedanken durchfädelten sich in ihm,
alle dünkten sie ihm gut, eine Flucht tobender Bilder über=

schlug sich: am liebsten wäre er aufgesprungen, hätte Licht gemacht und mit fiebernden Händen gleich Blatt auf Blatt gefüllt. So ging es ihm immer: nie erblühte seine Einbildung stärker, als angesichts der eintretenden Noth oder mitten im Brausen der Leidenschaft. Doch Hetty ruhte nahe — er hielt an sich, er suchte die Szenen zu gliedern, die Gruppen zu festen, hinter einander zu ordnen. Dabei entschlief er, bis zum Morgen von einer Hexenschaukel wilder Träume geworfen, mehrmals aufschreckend und bald wieder einschlafend.

Beim Frühstück aber sagte er: „Weißt Du, Kind, wir reisen heut direkt nach Luxemburg und saugen uns dort fest. Dies Umherziehen von Jahrmarkt zu Jahrmarkt ermüdet nur. Wir wollen uns ein gemüthliches Nest bauen. Luxemburg soll ja zauberhaft schön sein. Die Mosel kennen wir nun, und es ist immer dasselbe. Pack' die Sachen!"

Er schätzte als eine der bestrickendsten Eigenschaften Hettys, daß sie ihm nie widersprach.

Siebentes Kapitel.

Sie ließen die Koffer auf dem Bahnhofe zurück und fuhren über die lange Brücke in die Stadt, um sich zunächst eine Wohnung zu suchen: das famose „Nest," von dem er die ganze Fahrt über geschwärmt hatte, und in dem er den Zauber eigener Behaglichkeit, die geheimsten Reize der in sich selbst wurzelnden Liebe auskosten wollte. Sie erkundeten im Kaffeehause einige Nachweise — aber nirgend trafen sie es. Hier fehlten den Zimmern die Möbel, dort wollte man sich auf einige Wochen nicht einlassen — hüben war's ihnen zu geräuschvoll, drüben zu theuer. So spazierten sie ein paar Stunden in den engen Straßen umher. Die Frühlingssonne meinte es gut; er ward warm und müde, das unablässige Treppensteigen, von je sein Haß, schwächte seine Kniee, und die Oede der Straßen, die gekalkte Eintönigkeit der glatten Häuserfronten, die er sich malerisch=romantisch vorgestellt hatte, enttäuschte ihn. In den schönen großstädtischen Villen an den Boulevards, die Grenze des grünenden Parks entlang, in denen er sich gern eingeschneckt hätte, vermiethete man keine Zimmer — nur ärmere Leute mit vielen lärmenden Kindern, ver=

schossenen Möbeln und sauren Gerüchen dienten solchem Geschäft.

Abgespannt und mißvergnügt athmete Robert auf, als sie auf dem langen Felsgrat des Bock endlich in einem freistehenden Häuschen zwei ruhige, nette Zimmer fanden, hinter deren Fenstern sich das tiefe, keck geschlängelte Thal der Elz öffnete, mit seinen Häusermassen, den wohlhäbigen Schieferdächern im untersten Grunde, seinen zersägten und zerwaschenen Felsenklippen, seinen grüngekanteten Büschen, seinen alten Thoren drunten und dicken Thürmen auf der Höhe. „Ah!" athmete er auf, „Luxemburg ist doch schön — hier bleiben wir!" Die junge, freundliche Wittwe überbot sich in Versprechungen der lockendsten Bequemlichkeiten und malte ihm den Aufenthalt in den gefälligsten Tinten. Schon wollte er sich entschließen, als Hetty plötzlich dazwischentrat und mit herber Mine, mit verbitterten Tönen die Wohnung bekrittelte. Sie spürte Zug und Kälte, witterte Feuchtigkeit und Ungeziefer und schritt mit einem entschiedenen: „Wir verzichten — entschuldigen Sie!" schroff und rasch die Treppen hinunter Verdutzt folgte Robert; er mochte Hetty nicht zu einem verhaßten Aufenthalt zwingen, aber er enthielt sich nicht, unten auf der Straße ihrem Tadel die Gründe abzusprechen. Sie sah ihm streng, finster beinah ins Gesicht: „Hast Du denn nicht bemerkt, daß die Frau nichts taugte? Du hast wohl gar nicht die Blicke bemerkt, die sie Dir zuwarf? Stell' Dich nur nicht so!" ... Sie kniff die Lippen.

Robert war wie begossen. Er hatte in der Frau nur die Wirthin gesehen, er dachte an kein anderes Weib. „Weißt Du," sagte er stehen bleibend, „deswegen hätt'st Du mich wirklich nicht wieder auf die wunden Füße zu treiben brauchen."

„Ich bin auch müde und gehe weiter. Ich wohne nicht bei einem solchen Frauenzimmer."

„Uebrigens — sie war ganz hübsch — fällt mir erst jetzt ein."

Sie trat zwei Schritte zur Seite: „Na, bitte, geh' doch zurück." Thränen drohten ihr im Auge.

Er zuckte die Achseln, seine Müdigkeit verbot ihm zu antworten — er reichte ihr den Arm und zog sie weiter.

Am Hauptplatz traten sie in ein Restaurant ein um Mittag zu halten. Während des Speisens freundete Hetty sich mit der dicken Wirthin an, überglücklich wieder einmal französisch sprechen zu können, und klagte ihr die Noth. Es fand sich, daß das Haus ein Hôtel garni war und daß im dritten Stock zwei Zimmer leer standen. Da das Essen Gutes versprach, so miethete Robert, der Unterkunft froh, die Wohnung und bezahlte für vier Wochen voraus. Die Wirthin war freundlich, aber das Pulver hatte sie nicht erfunden. Als sie hörte, die Herrschaften seien aus Leipzig, gab sich ihre völlige geographische Verworrenheit kund, und als man ihr die Lage dieser nicht ganz weltabgelegenen Stadt begreiflich machte, meinte sie kopfschüttelnd, und mit dem Ausdruck des breitesten Erstaunens: „Comment? Vous êtes de si loin et vous parlez français?" Worauf Robert auf seine Bildung, Hetty auf ihre elsässische Jugend und Pariser Mädchenjahre pochen durften.

Sie bemühten sich nun sich eine richtige Häuslichkeit auszurunden, soweit das in dem engen und kahlen Hôtelkäfig anging. Die „kleine Hütte," von der sie geschwärmt hatten, war da: nun galt es die Probe auf die Wahrheit des Dichtertraums. Sie waren ganz allein auf sich selber angewiesen und wollten einander ganz angehören: Hetty forderte und war glücklich, dem Geliebten Alles zu sein, und Robert hoffte in dieser sorgsamen Beschränkung des Beobachtungsfeldes auf sie und sich der Liebe Kern und Wesen zu erkennen; denn er glaubte schon, daß Hetty ihn liebte und daß er sie liebe.

Er sehnte sich jetzt nach einer sicheren, gleichmäßigen, ruhigen, behaglichen Liebe, nach einem Dasein ohne Szenen und Katastrophen, nach ebenmäßigem Sonnenschein ohne Schwankungen des Thermometers und des Barometers, nach einem blauen Himmel, der erheiterte ohne zu blenden. Er fürchtete nicht den schlimmsten aller Feinde: die Langeweile, er wußte, daß alle guten Dinge eintönig wären. Er hatte kaum bemerkt, wie seine Liebe zu Hetty die Farbe verändert hatte, wie ihre Eroberung, ihr glücklicher ungestörter Besitz den früheren Traum vom Schmetterlingsgegaukel in einen Willen zum soliden Nestbauen verwandelt hatten. Er besaß sie nun einmal und so sollte sie wie sein Weib sein. „Arbeite und liebe!" wollte er zum Wahlspruch seiner nächsten Zukunft küren, er wollte seinen Ruhm, seinen Einfluß pflegen nnd verankern; hatte er mit seinem ersten Werke die Kritik gewonnen, so wollte er sie mit dem zweiten überwinden. Die kleinen, unterbrechenden Sorgen des Alltags sollte Hetty auf sich nehmen, damit er denken, sinnen, schaffen mochte so lange ihm beliebte, seine Pausen sollte sie ihm mit heiterer Laune überbrücken, die Geister der dumpfen Erdentriebe bannen, welche gern täppisch in die Spinnweberei der Phantasie fahren; sie sollte, indeß er im einen Zimmer schrieb, im andern still seine Wäsche ordnen und sein Frühstück bereiten, die gemeinsamen Mahlzeiten durch ihre Einfälle, ihre Abenteuer, ihre Huldigungen würzen nnd schlummernd mit ihm das französische, breite Lager theilen, das fast die Hälfte des einen Raumes überschwellte.

In diese Aufgaben, die Robert ihr durch sein Verhalten, seine Ordnung der Lebensweise unmerklich zuwies, schien Hetty sich mit wunderbarem Geschick einzufügen. Nur wer durch so viele und große Reisen gewöhnt war, sich schnell in die widersprechendsten Verhältnisse zu fügen, konnte so schnell diese Rolle des Hausmütterchens auffassen, zu der sie in ihrer eigenen kurzen Ehe gewiß die wenigsten Uebungen hatte anstrengen können. Sie schien nur bemüht, für ihn zu sorgen. Sie kaufte auf dem Markte das Beste und Kräftigste ein — jeden Tag überraschte sie ihn mit irgend einem guten und billigen Einfall. Heut hatte sie stramme Krebse erwischt, morgen briet sie ihm zum Frühstück ein zerschmelzendes Kalbshirn. „Du arbeitest so unheimlich fleißig, herzigster Bob, also mußt Du auch was Kräftiges zu Dir nehmen," pflegte sie dann zu sagen, wenn sie es mit einem Lächeln auftrug, an dem Eitelkeit und Demuth gleichen Antheil hatten. Sie brachte die ersten frischen Radieschen, ahnend, wie er sie liebte. Er freute sich, wenn er seine Frau so zierlich durchs Zimmer schweben sah, immer sauber, immer zufrieden, immer lebendig. Sie schien glücklich über jede Handreichung, die er verlangte. Sie störte ihn nie — ein flüchtiges Irren ihrer Finger durch sein volles Haar war der Dank, den sie sich selbst nahm. Sie war beim Frühstück und beim Abendbrot, die sie daheim hielten, kaum zu bewegen, etwas zu nehmen, sie schien wie eine Sylphe vom Duft satt zu werden, sie griff kaum ein Gabelspitzchen — Alles sollte für ihn sein. Sie strahlte, wenn sie auf dem Markte ein paar hübsche Maiglöckchen fand, die sie ihm auf den Schreibtisch stellen konnte, und wenn er sich darüber freute. Sie stand früh und leicht auf, und wenn er ihr mit leichtem Stöhnen folgen wollte — denn er war ein Gernschläfer und er freute sich insge-

Siebentes Kapitel.

heim, das Lager noch für eine Viertelstunde allein besitzen und sich tüchtig ausrecken zu können — so überredete sie ihn, doch ja noch liegen zu bleiben. „Du hast gestern wieder bis um zwei Uhr gearbeitet und ich hab' Dich dreimal rufen müssen. Du mußt ja sehr müde sein. Ruh' Dich nur ja aus! Du darfst nur ganz frisch an die Arbeit. Keinesfalls steh' auf, bevor ich den Kaffee fertig habe." Dann schlich sie ins Nebenzimmer, braute leise den braunen Trank und brachte ihn, wie er dampfte ihm ans Bett. „Mein Liebling muß heut' mal so trinken. Bitte, bitte!" Und wie unmännlich solche Verweichlichung ihm dünkte, ihr zu Liebe mußte er folgen.

Den Mittag nahmen sie an den Table d'hôte des Gasthofs, mit sechs bis acht Stammgästen gemeinsam, Beamten, Kaufleuten, die unverheirathet waren. Die Wirthin und die Oberkellnerin nahmen öfters daran Theil, doch nicht beständig — bisweilen waren sie verhindert und Hetty dann die einzige Dame bei Tisch. Hier ward nur Deutsch gesprochen. Hetty war der Stern der Tafelrunde, sie leitete das Gespräch, sie bestimmte den Küchenzettel der kommenden Tage, Jedermann behandelte sie mit Auszeichnung, Niemand zweifelte an der vollkommenen Rechtmäßigkeit der Ehe. Robert war klug genug, vor jeder Oeffentlichkeit seine Zärtlichkeit bedeutend abzuschwächen. Er behandelte sie vor den Leuten bisweilen gleichgiltig, bisweilen mit Ironie, bediente sich vor ihr, ließ sie das herabgefallene Mundtuch selbst aufheben, unterhielt sich mit dem Einen, indeß Hetty mit Anderen sprach; kurz zeigte sich in keiner Weise verliebt, eifersüchtig, sonderlich galant, um den wahren Schein des längeren Verheirathetseins geschickt zu wahren. Auf die anfangs häufigen Fragen, was sie beide nach Luxemburg führe, hatte er die ständige Antwort: „Meine Frau ist nervös, und der Arzt hat ihr einen ruhigen Aufenthalt mit guter Luft verordnet." Unter vier Augen lachte dann Hetty und sagte: „Wir armen Frauen! Was wir Alles auf das Conto unserer berühmten Nervosität nehmen müssen." Am meisten aber lachten beide, wenn sie des Schnippchens gedachten, das sie täglich mit ehrpusseligster Miene diesen braven Spießbürgern schlugen. Sie unterhielten sich über ihre köstlichen Schauspielertalente. „Wenn diese frommen Leute," sagte Robert, „welche so oft von Kirche, Wundern, Prozessionen, Predigten sprechen, nur ahnten, mit welch verruchten Sündern sie frieblich aus derselben Schüssel essen! Sie würden sich vergiftet und dieses gut christliche Haus entweiht glauben. Mit Ruthen würden sie uns zum Saal, zur Stadt hinauspeitschen... Ach, es prickelt doch, so Ellenbogen an Ellenbogen mit der Gefahr zu sitzen und bei einer einzigen unvorsichtigen Bewegung Schimpf und Spott zu riskiren! Das ist etwas, was ein Philister nie begreift. Ich bewundere manchmal unser Beider Ruhe!" Er ließ sie gelegentlich am Tisch ein wenig hart an, tadelte manche Aeußerung als „Unsinn" oder „Dummheit", sagte ihr, daß sie gar nichts verstünde und gab ihr heimlich unter dem Tisch ein Fußzeichen, daß er nur die Maske des überlegenen Gatten annehme. Die Leute glaubten durchaus an ihre gut bürgerliche Ordnung. Sie glaubten nicht, daß auch bei Tische beide oft kaum den Schluß des Mahles erwarten konnten, um wieder ganz mit ihrer Leidenschaft allein zu sein, toll glühend, wie es sich für „alte Eheleute" gar nicht schickte; daß sie unter dem Vorgeben der Sättigung oft vor dem letzten Gang nach oben stürmten, wie blind und sinnlos sich nicht einmal die Zeit nahmen, die Thür zu schließen, ja daß sie sich von der Gluth des Augenblicks gepackt, vor der Thürschwelle wie ein zartes Taubenpaar schnäbelten.

Siebentes Kapitel.

Robert hatte sich früher der Liebe meist nur vorübergehend gefreut, heimlich, wie eines gelungenen Diebstahls. Wenn der Hausherr protzig die Haupttreppe hinabstieg, um frische Luft zu schöpfen, ließ man ihn, Vorsicht winkend, durch Hinterthür und intime Gemächer in den Salon: so hatte er Vielerlei gesehen, aber Wenig genossen. Er hatte sich die Zeit der Liebe nie aussuchen dürfen, er kam nur, wann er kommen sollte. Die Liebe, die er bequem haben konnte, reizte ihn nicht, die billige, schlichte, herbe — er suchte nur die verwöhnte, üppige, wissende, anspruchsvolle. „Zum Elementarlehrer bin ich nicht geboren", pflegte er zu sagen. Ihn freute es, da offene Thore zu finden, wo für Andere hohe Mauern standen, über die nur goldbeladene Esel kamen; denn er glaubte, daß er die freie Bahn dem Zauber seines Talents, seiner Redekünste, seines Temperaments verdankte. Ein harmloses Ladenmädchen zu bethören, mochte jedem aufschneiderischen Handlungsreisenden gelingen — ein ausgelerntes Weltdämchen einzufangen, war hypnotische Kraft nöthig. Nie hatte ihn der immer flüchtige, immer angstvolle Besitz reizen können — stets nur der Kampf und der Sieg. Und so hatte er sich fast einer stillen Gewohnheit unterworfen, seine Siege nicht auszunutzen, sondern nur im Rausch des Ringens von einem zum andern zu stürmen.

Jetzt zum ersten Mal war er, beinahe fahrlässig, in einen sicheren Besitz gekommen, wie ein verrauhter Landsknecht in ein behagliches Winterquartier. Zum ersten Mal thaten sich ihm die Reize lebendigen Eigenthums auf, zum ersten Male schwoll seine Brust von dem Bewußtsein, immer Herr zu sein, befehlen zu dürfen, Gehorsam zu finden, Dank nicht zu schulden sondern zu erwarten: und dieses neue verführerische Gefühl

8*

des Despotismus, der seinen einzigen Unterthan mit
wühlenden Glücksschauern durchjagte, ermüdete nicht, seine
Probe, seine Bethätigung, sein Spiel zu fordern, weil
Robert in den Wiederholungen seiner Forderung das
Wachsen des Glücks, der Daseinsfreude seiner Sklavin
bemerkte.

Während er arbeitete, wußte er Hetty gern im anderen
Zimmer, denn das leise Anstreifen ihres Gewandes, ein
Wort genügten oft, die festen Modelle vor seiner grübelnden
Seele wegzufegen und ihn statt mit klaren Gestalten mit
Farbenwirbeln verlangender Leidenschaften zu durchwogen.
Er warf die Feder hin und lag ihr zu Füßen. Und
war es seine Leidenschaft, was so unwiderstehlich die
ihre entzündete, daß eine die andere zu überzüngeln suchte?
Oder war sie ihrer Brust eingeboren? Ursache und
Wirkung ließen sich nicht mehr unterscheiden, doch vor
der Thatsache erschrak er, sowie sein Blut sich wieder im
Bade der Vernunft gekühlt hatte. Dann wurde er fröstig,
einsilbig, Mißlaune über sich selbst schüttelte ihn, er er=
schien sich wie jene Geyser, die nach dem glühenden Aus=
toben der gewaltigen Wassersäule sich schamvoll in sich
selbst zurückziehen und zu Zwerglachen einzuschrumpfen
drohen. Oft, in den stillen Liebesnächten, wenn sie unter
dem Schirm der Einsamkeit die Fluth ihrer jahrelang ge=
bändigten Leidenschaft an seiner Brust zügellos hinsieden
ließ, schnellte die himmelanzischende Woge seiner Be=
geisterung vor der ihren nieder — eine räthselhafte, be=
fremdende Kälte durchrieselte ihn plötzlich, mitten in Hetty's
Verzückungen hinein; es war, als polarisire sich der elek=
trische Strom in ihm und theile abweisende Schläge aus
statt feuriger Anziehung. Hetty's Seufzer, ihm sonst
Musik, klangen ihm rauh wie Thürknarren, und der Stolz,
das Ziel der Seufzer dieses jungen und schönen Weibes

zu sein, führte einen lähmenden und unfruchtbaren Kampf gegen den immer bitterer aufsteigenden Widerwillen über ihre selbstvergessende selbstsüchtige Hingabe. Es schmeichelte ihm, diesem verwöhnten Wesen mehr zu sein, als ihm je ein Mann gewesen — und zugleich ballte sich in ihm die Erinnerung ihrer Erfahrungen zu einer Abneigung zusammen, die sich zu saurem Ekel zu zersetzen drohte. Er kehrte ihr den Rücken zu, stellte sich schlafend und betastete erschreckt die Gänsehaut, von der er sich überlaufen fühlte.

Glücklicherweise wurden die Nächte immer kürzer, und das bedeutete, die Welt wurde immer schöner.

„Wie kalt ist es hier!" hatte sie bei der Ankunft gerufen.

Der weiche Süd, der sie mit zärtlicher Hand am Rhein und an der Mosel getätschelt, hatte am Grenzpfahl Kehrt gemacht, als wäre sein Paß nicht in Ordnung, und landfremd, ungastlich und rauh umkribbelte es sie hier. Kahl und offen lag die weite Hochebene; in den Schluchten, eingesägten Hochthälern, starrten die zerwaschenen Kalkklippen grau und bloß, und kaum der Hauch eines grünen Spitzenschleiers flatterte über die südwärtsgeneigten Baumgruppen, die dem aus schwarzschwammigen Wolken blinzelnden Frühling die verschrumpften Arme entgegenstreckten.

„Am Rhein blühten schon die Pfirsiche!" sagte Hetty. „Wir machen Rückschritte. Um vierzehn Tage wenigstens."

„Um so besser, mein Herz! Wir werden hier den Lenz noch einmal erleben. Das Liebeslied der Welt wird uns noch einmal erklingen, vom Auftakt an. In einem Jahre doppelter Frühling! Das ist eine Gnade! Das scheint wie für uns berechnet!"

Sie machten es sich zur Gewohnheit, jeden Tag bald

nach Tisch einen tüchtigen Spaziergang zu unternehmen. Schnell wanden sie sich durch die engen und stillen Straßen, zwischen den Liliputhäusern; die sie an längst vergessenes Spielzeug erinnerten. Heut strebten sie dem Park zu, der gegen die offene Hochebene die Stadt mit dichtem Gebüsch abschloß, ein neuer Wall an des abgetragenen Stelle. Eine feine Empfänglichkeit für die Reize der Natur war beiden angeboren.

„Sieh', wie herrlich das dunkle Grün der Fichten von der Buche zarter junger Helle sich hebt!"

„Wie's hier den weiten Rasenplatz entlang unter der frostversengten Dürre lieblich keimt!"

„Des lockenden Gelb's Bogengeriesel ..."

„... Goldregen, mein Freund! ..."

„Hör'! ... Da schlug's im Dickicht ... das war ein Fink ..."

„O nein, mehr, mehr! So flötet nur die Nachtigall! —"

„Sieh' doch, sieh', wie spitzbübisch krumm die Katze sich unter's Gezweig schleicht ... Wart' Bestie ..." Er warf den Stein, die Aeste schütterten, die grünen Polster zitterten; ein Flügelschlag ... ein eiliges Rascheln ... Frühlingstöne, Maienleben!

Eilig sprang er vor und bog verhakte Zweige zweier Bäume auseinander — weit krümmte sich die Erdenscheibe, der Jungsaaten strebendes Grün koste sanft das Auge, bescheidene Dörfer und fette Klöster behaupteten ruhig ihre Plätze, und weit zurück sogen die dunkelblauen Berge der Ardennen den ermüdenden Blick auf. Und überall Einsamkeit, Selbstgenügen und stille Andacht ohne Zweifel und ohne Lehre.

Wie anders, wenn Laune ihre Schritte zum steilen Absturz gegen den Fluß trieb! Ihnen schwindelte nicht, als jäh und senkrecht die riesigen Grundmauern der einstigen Bastionen zum ersten Mal vor ihnen hinabstürzten, bis da, wo sie auf dem nackten, zerwaschenen Kalkfelsen fußten, der nicht schräger zur Sohle fiel. Das grüne Wasser hörten sie emporschwatzen, wie es mit den Häusern der Thalviertel plauderte. Die sauber gebürsteten Schieferdächer stießen sich um die engen Plätze, und spitze Kirchthürme strebten mit riesigen Tannen um die Wette, die haltbesorgt ihre Wurzelarme um Felsen klammerten, welche sie selbst einst gesprengt hatten.

„Ist's nicht zum Lachen? Das sollen Häuserblocks sein, diese kleinen schmalen Viertel, die drohen einander in's Wasser zu drängen... die langen Würste — alte Bundeskasernen... hinter den Fenstern wimmelt's... da regt sich die sparende Sorge... da pendeln Dutzende fertiger Handschuhe — da schaukelt sich chlordampfende Wäsche... und dort lugt der greise Kopf einer verschnurrten Stiftsdame..."

„Sieh' da, der Platz vor der Schule... wie die Ameisen sich tummeln, sich mit Wasser bespritzen..."

„Ameisen? Die Jungens sind's... Schau dort, die gewölbte Brücke mit dem halbzerstörten Thurme, wie viele Regimenter sind einst darüber gezogen! Und zwischen jenen Häusern an die Berge scheu geschmiegt — hat Goethe gedichtet!"

„Da kribbeln an den hellen Zickzackstreifen zu uns wieder ein paar solcher Ameisen herauf — verzeih', Menschen — Aber wie sauer das riecht —"

„Erkennst Du nicht unten die Lohhaufen? Hör' doch das Rauschen! Sieh', wie's über die Wehre blitzt und die Mühlen treibt! Ein Rollen und Duften! Die Stadt athmet!"

„Ach, das ist schön! Da drüben die Felsen, wie sie wieder ansteigen, verwittert, ausgewaschen — weit vorspringen — zurückspringen — welche Winkel! und die Schluchten dazwischen — und das Grün —"

„Und jetzt brechen sie um... Ach, die weite Ebene! Da ein Kloster! Und dort ein Dorf! Und da eine Fabrik!... Siehst Du die Klippen? Wie's vorstrebt und zurück. Dort haben die Wälle getrotzt, die Kanonen gedroht! Da, wo sich jetzt die Terrassen strecken, wo die Beete blühn und die Flieder duften! Die weißen, lichten Birken! Immer liebenswürdig, immer im Festkleid! Das sind Weltleute!"

„Du — Du — hörst Du? — es hat gedonnert —"

„Unsinn, Kind!"

„Aber hörst Du's nicht?"

„Da hast Du den Donner! Bravo, Riesenschlange, wälze den eisernen Schuppenleib nur hin, daß es dampft! Wie der Cyklopenbogen sich spannt von Fels zu Fels, hoch hinweg über Essen und Fluß! Sch! sch! sch... Wo ist sie? Haben die Klippen sie verschlungen?... Da hinten der Rauch!... Aufblitzen... und vorüber, entschwunden, wie eingebohrt in den grauen Stein..."

„Sieh' da drüben — die Gottesmutter — Ach, wie erhaben sie segnend herabschaut über die Schluchten, über das ganze Land —"

„Wo?"

„Da — da rechts — ganz oben auf der höchsten Klippe — übermenschlich, gewaltig — göttlich, mit ihrer Strahlenkrone schimmert sie hell über den dunklen Tannenwänden, über schaurigen Abgründen, gleich der obersten Königin dieses Landes — Ave, ave Maria sanctissima! — Siehst Du da drüben die drei einsamen Thürme des geschleiften Fort: Mauern zerbrechen, Felsen bersten — aber

Siebentes Kapitel.

ihr heiliges Reich besteht — das Reich der Gnade...
die sie auch mir walten läßt, mir, der schweren Sünderin —"

„Sie kriegt ihre Zufälle", dachte Robert, „drum schnell fort. Aber es wirkt verblüffend, wie das Steinbild da lebendig vorleuchtet!" Und laut sagte er: „Komm nur, sonst knieest Du mir noch auf freier Straße nieder — und das hast Du doch in der Kirche viel bequemer."

„Du hast recht," sagte sie, sich mit der Hand über die Augen streifend, „das thut man nur bei einer Prozession!"....

Andere Male wieder kletterten sie die steilen Zickzackgänge zur Schlucht hinab, er sprang vorauf, und wenn sie in kurzen Sätzen ihm nachjagte, stand er schon in der Biegung und fing sie in seinen Armen. Ihre hundert gelben Löckchen flatterten und zitterten im Winde. Die schwarzdüsteren Mauern neigten sich über ihren Häuptern, als wollten sie zusammenschlagen, sie kürzten ihnen Licht und Luft, und vor dem engen Fleckchen Himmel verschoben sich unablässig die Brüche der Bastionen, Redouten und Batterieen, noch deutlich in ihren Linien, und schnitten sich in verworrenen Windungen. Ueber ihnen schlug das Gestrüpp zusammen, die Häuser versanken, unheimliche Stille umpreßte sie, drückende Schwüle hing sich an sie, wie im Verließ einer riesigen Burg. Vergessen und begraben! Doch da trat der Fuß eben auf: in enge gewundene Gassen verloren sie sich, darin die stehende Luft dumpfig lastete. Die kleinen Häuser kauerten sich an einander, überhockten sich, spitzwinklig, bunt beklext. In den offenen Hallen hantirten die Schmiede, die Tischler, die Schneider; Feuer umleckte die Heerde; die Schwellen hüteten alte Weiber strickend und schwatzend, Knaben haschten sich, auf deren Wangen das Roth der Natur mit dem Schwarz der Gewohnheit um den kärg-

lichen Raum stritt. Das Braun der Lohe, des Malzes
dünstete in mächtigen Haufen an den Häusern, inmitten
der engen Straßen — er sprang hinüber, faßte Hetty
um den Gürtel und hob sie leicht zu sich. Die ver-
schmorten Rücken der Häuser, die fellbetrobbelten Holz-
roste belächelten sich im Flußspiegel, himmelhoch über-
ragt vom Zwang der alten Festungsmauern, hart zurückgestoßen von den Felsen drüben, wo aus alten Kase-
mattenlöchern hungerndes Volk mit faulendem Gerümpel
blinzelte. Plötzlich zog Hetty Roberts Arm an sich:
„Was ein finsteres Haus! Reich aber unheimlich."

„Ein frommer Mann wohnt drin. Sieh' in der
Ecknische den Heiligen! Was ist's für einer? Zeig' Dein
Kloster!"

„Erkennst Du ihn nicht? Er trägt einen Degen und
einen Zweispitz. Sankt Napoleon! Ein würdiger Heiliger
für die alte Bundesfeste! Zu dem haben sie wohl hier
oft um Befreiung gebetet. O Paris! O Frankreich!"

„Sage nur noch: o Dumesnil!"

„Das sag' ich nicht. Du weißt wohl, warum! Aber
meine zweite Heimath darf ich doch neben Dir lieben?
Ach' nur dort ist Freiheit, nur dort ist Leben! Keiner
außer Dir könnte sie mir ersetzen."

Sie kehrten wieder um — heim. „Du wirst müde
sein," sagte er, „wir laufen drei Stunden — und jetzt
geht's bergauf. Stütz' Dich auf mich." Sie that's mit
einem Dankblick. Aber der Weg war steil, und sie be-
mühte sich nun gar nicht mehr, sie ließ sich von ihm
ziehen, schleppen, tragen. Ach es ist so süß, ganz des
Geliebten Kraft vertrauen! Er lächelte erst und munter
strebte er auf. Allein er fand die Leichte schwer, der
Schweiß perlte ihm, er blieb stehen, zog weiter ... sie

Siebentes Kapitel.

hinderte ihn offenbar am Gehen, wie eine Last, eine Kette. Getrennt wären sie so leicht heraufgekommen! Aber er konnte ihr doch nicht sagen ... der Weg wurde enger, sie schienen auf einen Nebenpfad abgewichen ... er zog, zog, verbarg mühsam sein Keuchen ... sie erleichterte es ihm nicht ... aber ein Wort, und sie hätte an seiner Liebe gezweifelt. ... Da war er wieder, der breitere, schmiegsamere Weg, und schon ragte die platte Hochfläche.... Ach was! Es war ja nur ein Wort. Die kleine Anstrengung konnte sie sich zumuthen....
„Ich glaube, wir hindern uns so gegenseitig, wir gehen getrennt beide bequemer!".... Mit persönlichen Gedanken beschäftigt hörte sie kaum — ganz sanft lockerte er den Arm — sie sah ihn an ... und wie selbstverständlich schwebte sie mühelos aufwärts. Ihre Ermattung schien weg ... die kurze Hilfe hatte ihr die starke Ursprünglichkeit zurückgegeben.

Waren die Tage schön, um wie viel seliger die Abende! Wenn der Vollmond herankletterte und die hundert Vorsprünge der Felsen, die Mauerecken, die Linien der alten Bastionen, die Schwalbennester der Wächterhäuschen mit schimmerndem Staube umflirrte! Wenn die schlafenden Tannen vom Licht beunruhigt sich murrend warfen, die altersgrauen Steinbrücken leise zu beben schienen, die breiten Dächer mit den Strahlen spielten, und tiefer und tiefer unzählige Lichtchen blinkten! Der Honighauch des Flieders schien den Dolbenwaben als glänzender Aether zu entwirbeln, von den Birken sickerte das Licht in langen Strähnen herab, die Nachtigall schluchzte Engelssinnlichkeit aus, und wie ein leibverdichteter Geist schwebte die ungeheure Gottesmutter heran, regungslos und feierlich. Sie aber saßen auf der verschwiegenen Steinbank am Rande der schlummernden

Schlucht und hielten sich wortscheu und selbstzufrieden umschlungen. — —

An die nächste Umgebung schlossen sie die weitere. Sie durchwandelten Hand in Hand die grüne wellige Ebene, durch junges Gras, über steinigen Acker, gelinde Hänge abwärts. „Wie mich das an die Downs in England erinnert, über die ich so oft auf luftigem Pferde schoß!"

An wessen Seite? Er mochte nicht fragen. Er dachte sich irgend einen vornehmen Lord, der auf seinem Schloß mit den gothischen Zinnen heimte... er sah ihn vor sich stolz und sicher auf edlem Arabervollblut eigner Zucht — und sie neben ihm, die schlanke blonde Gestalt im knappen Reitkleid, er sah den weißen Schleier sich im Winde schlängelnd, er sagte sich: „sie ist seiner nicht unwerth", und drückte ihr leise die Hand.

Bald lockten sie friedliche Dörfer in der Nähe, wo sie sich einen anspruchslosen Kaffee sieden ließen, bald ein herrschaftlicher Park, bald ein mauernumwalltes Kloster im Lande — endlich aber des unruhigen Zeitwechsels müde schufen sie sich einen Stammplatz, der ihrem täglichen Wandern das beruhigende Gefühl des sichern Endpunktes gab. Am anderen Ufer der Elzschlucht, im würzigen Fichtenduft, über grünem Rasen knüpften sie die Hängematte fest. Hoch über der gähnenden Tiefe lehrte er sie ohne Angst zu pendeln. Da entfalteten die Lärchen ihre feinen, hellen Nebelbündel, da zogen die Kirschbäume ihre weißen Hemden an, die Glockenblumen ermüdeten nicht im stummen, vergebenen Läuten, Vergißmeinnicht schaute mit so seltsamem Blick heran... galt es ihm oder galt es ihr? Der Bahnzug unter ihnen fortsausend nahm ihre Grüße in die Ferne mit. Gerad gegenüber, hoch auf dem Felsen, durch den schwindelnden Abgrund

Siebentes Kapitel.

getrennt lag die Stadt, mit den Mauern und Thoren und Thürmen wie ein Feenschloß, abgeschnitten von der Welt, unzugänglich, ein sichtbares Jenseits, ein Märchenland. Und doch wirklich, irdisch, menschlich: s e i n Wohnsitz! Er sah, in der Matte liegend, hinüber nach den Kuppeln und Zinnen, sein Weib saß auf seinen Knieeen, und ihm war, als seien jene die sichtbaren, bestimmenden Geister seines Lebens. Als sei jene Märchenstadt sein eignes Dasein. In diesem verträumten Weltwinkel saß er einsam, nichts besitzend als seinen Kopf und sein Weib. Er war außerhalb der Welt und doch ein Stück von ihr. Ueberhöhte es nicht die krausesten Träume seiner früheren Nächte, daß er jetzt hier fest saß, so fern der ständigen Arbeitsstätte, an einem Orte, an den ihn nichts band, mit dem er nichts gemein hatte, zu dem ihn nur eine Laune geführt hatte ... und von einer Frau umschlungen, die er noch vor vier Wochen nicht gekannt, deren Lebenslinie nicht einen Zoll breit der seinen ähnlich gelaufen war, und deren ganzer ihn umschnürender Zauber vielleicht auch nichts weiter war ... als eine Laune? ...

Aber nein! Zu dreien schwebten sie über seinen Locken, Schutzgeister seines Seins: die Arbeit, die Liebe, die Freude an der Natur. Gottähnlichkeit, so die Ruhe der Weltschönheit einzuschlürfen, in friedlichen Lagern, an des Weibes Seite, ohne Begierden, ohne Besorgniß, des Augenblicks sicher, fern von betäubendem Lärm und mißduftendem Menschenhauch, von Umtrieben und Scheelsucht! Diese heitre, abgeschlossene Welt suchten sie einander zu weisen bis in das kleinste Eckchen, gleich als gehöre sie ihnen, und mit der unveränderlichen Vollkommenheit um sich fühlten sie ihre eigene Vollkommenheit, bildeten sie gleich den zwei an einander gepreßten Halbkugeln eine Erde für sich — und die wechselnden

Uebungen ihrer Kräfte entströmten nur dem Ueberschwall gesunder Triebe, aber nicht dem Verlangen nach Neuem, Besserem. So lebend, sagten sie sich nicht einmal, daß sie glücklich seien — der beste Gradmesser, wie sehr sie es waren.

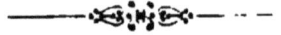

Achtes Kapitel.

Die Mittagstafel hielt nicht, was sie anfänglich versprochen hatte. Das Fleisch wurde zäher, die Suppe dünner, der Gerichte wurden weniger. Robert und Hetty tauschten ihre Beobachtungen erst halblaut aus, doch die anwesenden Gäste schlossen sich ihnen an, und die Klage ward bald allgemein — natürlich nur in Abwesenheit der dicken Wirthin. Das tägliche Zusammensein hatte das Paar schon der ständigen Tafelrunde näher gebracht und ein gelegentliches Gemeingespräch geschaffen — jetzt im allbetreffenden Leid knüpften die Fäden sich gleich noch fester. Herr Schelper, ein Kaufmann aus der Stadt, der Robert zunächst saß, erklärte ihnen, daß dieser unrühmliche Zustand eigentlich die Regel sei, an die man sich beinah schon gewöhnt hätte. „Die ersten paar Mahlzeiten waren so recht die Lockessen für Sie — die Wirthin wollte Sie erst hier am Tisch festmachen, daß Sie als Ihre Miether sich gleichsam zum weiteren Mittagstisch verpflichtet fühlten." Robert lachte — man kam von da ab häufig in belebte Unterhaltung, und Schelper gab dem eifrig Spürenden manch wichtige und gute Notiz über das Ländchen, seine Menschen, seine Wirthschaft. Hetty machte zumeist den Salat an, der nach französischer Sitte ungemengt zur Tafel kam, ihre Künste fanden allseits Beifall, Schelper spendete ihr den Dank des Kreises, und Hetty hatte Gelegenheit mit ihren Pariser Erinnerungen zu prunken. Das Essen verschlechterte sich indessen von Tag zu Tag, die Wirthin schien garnicht mehr den Zuwachs zu berechnen, und zuletzt ward Schelper als der Doyen der Tafel zur entschiedenen Klageführung beauftragt. Er erstattete seinen Bericht mit viel Laune, aber die Hilfe währte kaum länger als zwei Tage. Auszuziehen entschloß man sich schwer, denn in dem zweiten Gasthofe verkehrten die Militärs, die sich um so selbstbewußter geberdeten, je weniger ihrer waren.

„Ach, es ist Nichts mit dem Wirthshausessen!" seufzte Schelper.

„Sie müssen sich verheirathen!" meinte Hetty.

„Aber keine nervöse Frau!" trumpfte Robert, „denn die ist noch schlimmer als eine verliebte Köchin."

Schelper blickte mit einer gewissen Verlegenheit auf's Gedeck nieder, endlich sagte er leise, mit verzogener Miene, nicht ohne Verlegenheit: „Ach — ich war ja auch verheirathet."

„Ah — Sie sind Wittwer?" fragte Robert mit gespielter Theilnahme — denn im Grunde waren ihm die Civilstandsverhältnisse des Herrn Schelper recht gleichgiltig.

Dieser kniff die Augen. Er mochte denken: neugierig seid ihr einmal gemacht, — also ist's besser, ich erzähle euch die Geschichte, ehe ihr sie von Andern entstellt hört. „Ich lebe schon seit Jahren getrennt von meiner Frau," sagte er. An der Ruhe, mit der die Anderen diese Worte aufnahmen, merkte Robert, daß sie die Ge-